折々の万華鏡

宮とき子
Tokiko Miya

文芸社

本文挿絵　にのみや　まさこ

目次

洗濯物に思う（朝日新聞／平成八年六月二十日） 10
娘と私の雨の朝（朝日新聞／平成九年六月十九日） 12
休日の朝食変遷（平成九年十月四日・記） 14
夢の中でエール（信濃毎日新聞／平成十年六月七日） 18
徒歩通勤の楽しみ（信濃毎日新聞／平成十年七月二十九日） 20
誕生日に待つ電話（信濃毎日新聞／平成十年十月十七日） 23
「手紙着いたから」（信濃毎日新聞／平成十一年六月二十七日） 27
図書館に恋愛中（朝日新聞／平成十一年十月十六日） 30
捨てる気になれなくて（毎日新聞／平成十二年二月二十四日） 32
見なきゃ心配、見れば…（毎日新聞／平成十二年六月二十七日） 34
ごはんコールの種明かし（平成十二年七月三十一日・記） 36
イチジクむく母の思い（読売新聞／平成十二年九月十二日） 38

下宿のおばさん（平成十二年十月十二日・記） 40
夫の怒声と優しさと（朝日新聞／平成十二年十月二十一日） 42
揺れる心と柿の実（平成十二年十月二十二日・記） 44
スイカと日本茶（平成十二年十一月十六日・記） 46
師走の昼下がり（平成十二年十二月十二日・記） 48
帰　省（平成十三年一月十一日・記） 50
常《つね》ちゃんの連れ（平成十三年一月十五日・記） 52
坂　道（平成十三年一月二十八日・記） 54
待ちあわせ（平成十三年一月三十日・記） 56
父からの年賀状（平成十三年二月九日・記） 58
冬の朝（平成十三年二月十二日・記） 60
電　話（平成十三年二月二十五日・記） 62

心配性の夫（平成十三年二月二十七日・記）64
怖い口ぐせ（平成十三年三月十二日・記）66
じゃがいも恋物語（平成十三年五月十五日・記）68
夢に出てくる父（平成十三年五月二十三日・記）70
殻を破って不良中年に（平成十三年六月二十九日・記）72
家と竹林と墓（平成十三年七月十日・記）74
出てきた手紙（平成十三年八月三十日・記）76
モーニングコール（平成十三年九月一日・記）78
自転車やめるかなあ（朝日新聞／平成十三年十一月五日）80
息子へラブレター（平成十三年十一月六日・記）82
捨てられていた写真（平成十三年十一月三日・記）84
捨てられない、子どものもの（平成十三年十一月二十日・記）86

かわいそうな電話（平成十三年十二月六日・記） 88
数字に捕らわれて（平成十四年一月六日・記） 90
『お年』ということです（平成十四年一月十四日・記） 92
鬼のかくらん（平成十四年一月二十五日・記） 94
間違い電話じゃないよ（平成十四年二月三日・記） 96
特別なメロンパン（平成十四年四月十六日・記） 98
ご馳走は手巻き寿司（平成十四年四月三十日・記） 100
次は僕の番？（平成十四年五月十二日・記） 102
父親似の私は『入れ歯恐怖症』（朝日新聞／平成十四年五月二十五日） 104
父の本棚（平成十四年六月一日・記） 106
帰るからね（平成十四年六月十日・記） 108
消えた手形（平成十四年六月二十五日・記） 110

通過点（平成十四年八月五日・記）　112
音と活字に魅せられて（平成十四年九月十七日・記）　114
物思う秋（平成十四年十月四日・記）　116
京都にて、他愛ない話（平成十四年十月十七日・記）　118
性　分（平成十四年十一月十一日・記）　120
華やぎはひととき（平成十四年十二月二十四日・記）　122
小豆のびっくり水（平成十五年一月四日・記）　126
覚えている場面（平成十五年二月三日・記）　128
常備薬は万能薬（平成十五年二月二十日・記）　130
私作る人　あなた片付ける人（平成十五年三月三日・記）　132
里帰り（山陽新聞／平成十五年四月十一日）　134
プチ家出（平成十五年五月十五日・記）　136

父の日（平成十五年六月十六日・記） 138
切り札（平成十五年六月二十三日・記） 140
父の百合（平成十五年七月二十日・記） 143
花火と涙（平成十五年七月二十八日・記） 146
雨上がりの夕方（平成十五年十二月一日・記） 148
父に誓う――あとがきにかえて 150

洗濯物に思う

　昨年四月から二人の子どもが地方で下宿生活するようになり、我が家は私たち夫婦と末っ子の三人だけとなった。五人家族が三人となって生活形態に色々な変化が起きた。米・ゴミの量が極端に減り、食事時間も短く、空気までが希薄になったような感じだ。

　一年たっても、私にはどうしてもなじめないことがある。洗濯物だ。五人の時は一日でも雨が降ったらカゴいっぱいで、「大変なのよ」とこぼしながらも、さおいっぱいに干してひそかに充実感を感じていたものだ。ところが今は量も少なく、アッと言う間に終わり、さおもあまりがちで歯が抜けたように寂しい。

　今から三十四、五年前になるだろうか。母は農作業の合間に庭にタライを持ち出して、セッセと固形せっけんで手洗いをしていた。私も小学五年の家庭科で手洗いの仕方を教わった。それからほどなく我が家にも洗濯機がお目見えした。母が楽できると思うと子供心にうれしくて、また不思議で飽きず眺めていたものだ。

そのころは洗濯物も多かった。特にどの家でもオムツが目につき、風にはためいていた。しかし、最近はそういう光景にとんとお目にかからなくなった。近所に赤ちゃんがいないわけではないのに、オムツの洗濯物がない。だれもが紙オムツになったということであろうか。

風に踊っている洗濯物は平和の象徴だ、という気がする。それも大量ならなおさら強く感じる。もう一回ぐらい洗濯機のスイッチを押したいなあ。

今朝はとびきりの青空だ。

娘と私の雨の朝

関東地方も梅雨入りとなった。「洗濯物が乾かない」などと不満をかこつ私に対して、高校三年の娘だけは雨の日を喜んでいる。雨の朝は駅まで、私が車で送るからだ。

「ありがとう。帰りは歩いて帰るからね」と車を降りるのだが、夕方になるとちゃっかりと電話がかかる。歩けば二十五分の道のり、ついつい甘くなる。

思い返せば、私も子どものころ、雨の日が大好きだった。専業農家だったので母は、毎日忙しかった。学校から帰っても、いつも母の姿は家になかったが、雨の日だけは違った。家で仕事する母のそばを離れなかったものだ。

車の中では娘の気持ちも不思議とやわらぐようで、友だちのこと、学校のことなど素直に話してくれる。お互いに前を向いて視線を合わせないい位置関係もいいのかもしれない。

この娘も、遠からず家を出ていく日がくるだろう。雨の日は、母が車で送り迎えしてくれたことをなつかしく思い出す日もあるだろう。娘との、ほんの短い車中での時間、静かに温めたいと思っている。

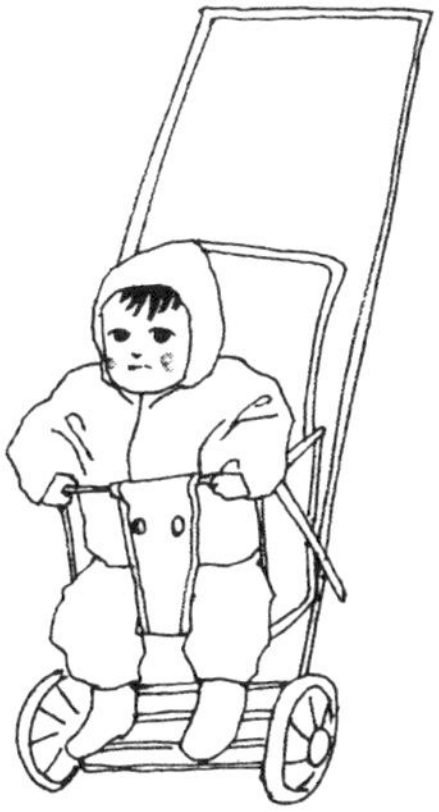

休日の朝食変遷

休日は朝八時半になると、夫、私、子ども三人の家族五人は、朝食の食卓を囲んだ。それが、夫の決めた約束事だったからだ。

「私たちには私たちの生活リズムがあるんだから」と高校生の長女。

「父親の頑固一徹は時代遅れだよ」と高校生の長男。

二人は、私に陰口をききながら、それでも時間になると二階から下りてきた。

中学生の次女は、休日になると早くから起き出し、「八時半は遅すぎる」と文句を言った。

板ばさみの私は、たまには起きた時に朝食の用意ができていないものかと思いながら、トースト、目玉焼き、サラダ、紅茶というお決まりの献立をこなした。

ある年の四月、この休日の朝食風景に変化があった。長男と長女が家を離れたからだ。

「休日の朝ぐらい、ゆっくり寝させてよ」と高校生になった次女は、兄や姉がついに口にできなかった言葉を、夫に言った。夫もその要求をあっさりと認めてしまい、それから夫と私の二人だけの休日の朝食は、二年半続いた。

そして、夫が転勤になった。

家族五人で囲んだ食卓は、今は荷物置き場と化している。

余儀なく独り暮らしをしている夫。

電話もたまにしかかけてこない長男、長女。

今朝も朝寝坊の次女。

私はそれぞれに思いを巡らしながら、一人分の朝食を整える。作り付けのカウンターの隅に、トーストとコーヒーを並べ、私だけの朝食は短く終わるのである。

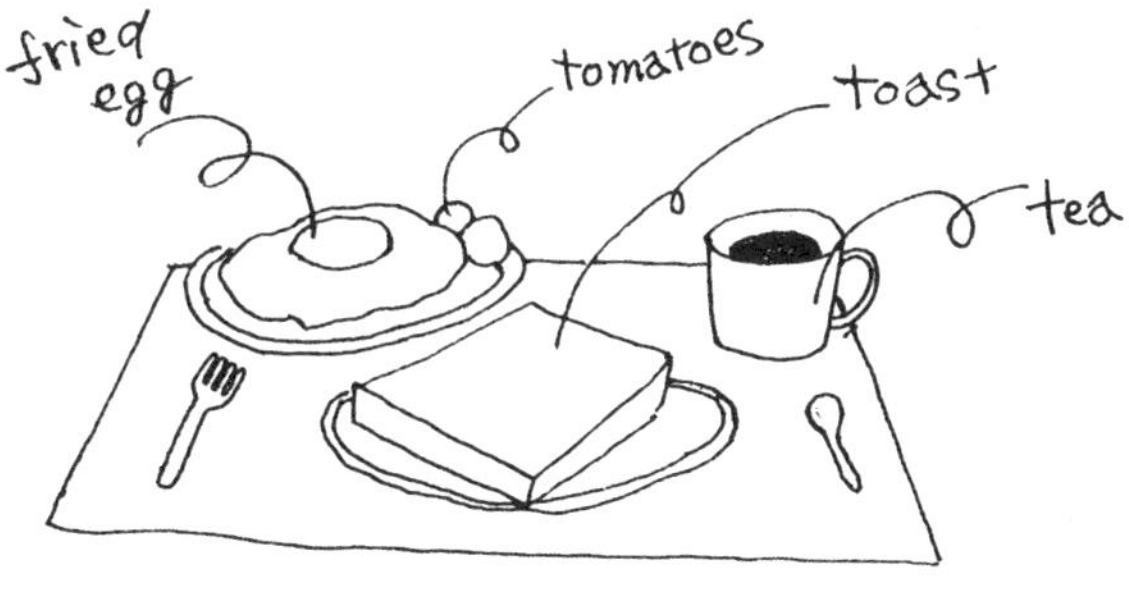
fried
egg
tomatoes
toast
tea

夢の中でエール

道路を走るオートバイの音で目が覚めた。時計を引き寄せてみると、起きるのにはまだ早い。もう少し寝よう。うつら、うつらと浅い眠りの中で夢を見た。私の三人の子どもたちがこたつにあたっている。みんなでお互いに顔を見合わせては、クスクス笑っている。やわらかな日差しが障子を通して差し込んでいる。これは私の実家の部屋の中だ。夢だなあ、と思いながら心地良い気分で漂っていた。

と、目覚ましのベルが鳴った。

高校生だった末っ子が、今春から下宿生活を始めたのを機に、昨夏から単身赴任中だった夫のもとへ引っ越してきた。結婚二十五年目にして、また二人きりの生活の始まりである。

何事にも几帳面な夫と、何事にも手抜きの得意な私。けんかなんかしないで仲良くしてよ、と子どもたちから忠告された。大丈夫よ。第三の人生の旅立ちだから、とばかりに意気込んだ生活も一カ月が過ぎようとしている。部屋の中に道具もおさまり、新生活もどうにか軌道に乗ってきた。

でも、二人分の食事の支度は短時間で終わる。洗い物も少ない。掃除も簡単にすんでしまう。二人の話題は限られてくる。夕食後、夫はテレビのナイター中継に見入る。私は編み物をする。静かな時間の流れの中では、今までの生活ばかりが思い出され、たまらなく恋しくなっていく。

そんな時に見た今朝の夢だった。親元を飛び立った三人の子どもたちからの、私たちはそれぞれの場所で、元気に頑張っているよ、というメッセージ、エールだったのかもしれない。

楽しい夢だったなあ。心に大事にしまいこんで、さあ、起きることにしよう。

徒歩通勤の楽しみ

週三日、パートタイマーで仕事を始めることにした。二カ月前のことである。電車で通うと、乗車時間五分と駅まで歩く時間は十五分。地図で道のりを測ると、約三キロメートル。家から全て歩けば四十分くらいだろうか。コレステロール値も、体重もオーバー気味の現在、〝よし、歩こう〟と決意した。

車の往来の少ない道を選び、住宅街を歩く。初めは家の表札を見ながら通った。なじみのある名字に出合えた時は懐かしく、その名の友人の顔が浮かぶ。次は、名字を順に覚えてみようと思いついた。一日たつと、すっかり忘れてしまい、記憶力低下を嘆きつつ、こりず挑戦する。いつの間にか職場に到着する。四十分は案外苦痛ではないと感じる。

帰りは冒険心からあちらこちらと回り道をしてみる。細い道が思わぬ所とつながっていて、安い八百屋さんを見つけることもできた。

朝、決まった時刻に家を出るから、大体同じ時間に同じ場所を通ることになる。幼稚園バス、郵便局の集配車に出会う。二階のベランダで洗濯物を干すお母さんが見える。風におどるたくさんの干し物は家族の団らんが想像され三人の子育てに追われていたころの自分の姿を重ねてみる。

その先の道を曲がるとつちの音が聞こえる。建築中の家も完成間近い。畑のトマトやナスのつやつやした実、葉かげから顔をのぞかせている緑の小さなスイカ玉。そして、私の大好物のイチジクの実が熟し始めているのにも出会う。

この地に引っ越してきて三カ月。仕事を始めて二カ月。歩く楽しみは気持ちの張りに通じる気がする。体重は相変わらずだが、コレステロール値は減少しているだろうか。期待しながらも、市民健診に行く日を決めかねている昨今である。

折々の万華鏡

誕生日に待つ電話

「おかあさん、いくつになった?」

威勢のいい娘の声が耳にビンビン響く。とっさのことに口ごもりながら、

「うーん。やっと三十九歳よ」と答えると、

「なあーんだ。遠慮しちゃって。てっきり『二十九歳』と言うと思ったのに」

電話器の向こうで、娘はいたずらっぽく笑う。十月四日、日曜日、朝九時のことである。

「おめでとう」と言われると、いくつになっても気分はいいものだ。娘とのやりとりで心がほんわかなりながら、あとの二人の子どもからも電話がくるはずだと期待する。

四年前に亡くなった私の父は、新しく卓上日記を購入すると、まず最初に、姉と私とそして五人の孫の誕生日に印をつけていた。その日の午後七時になると、必ず電話がかかってきた。

「そろそろおじいちゃんからかかるよ」

言い合っていると〝リーン〟と電話のベルが鳴る。懐かしい思い出である。

さて、昼が過ぎ、三時が過ぎても、電話はチンとも鳴らない。買い物も短時間で済ませて帰宅、待機する。何をしていても気になる。冷蔵庫のモーターの音さえ電話のベルに聞こえる始末である。

とうとう午後九時を回った。待ち切れなくて、長男に電話をしてみる。

〝ただ今、電源が切られているか、電波の届かない……〟

機械の声がする。次は末娘にかけてみる。

「今日は何の日か知ってる?」

「あっ、ごめんなさい。忘れてた」

「いいのよ。元気でいてくれさえすれば」

夕食のおすしをほお張りながら、何だか疲れたな。

かくて、四十九歳となった私の一日は終わってしまった。

折々の万華鏡

「手紙着いたから」

京都でひとり暮らしをしている息子から電話があった。一週間前にあったばかりだったので、何かあったのでは、と身構えると、「お母さんからの手紙着いたから」と言う。

昭和四十三年四月、私は福岡市で六畳一間の下宿生活を始めた。現在のように携帯電話はもちろん、部屋に電話はなく、手紙も大家さんの取り次ぎだった。両親はよく手紙をくれた。私もせっせと書き送った。

四十七年三月、大学を卒業した時、大家さんから「あなたの家ほど手紙のきた家はない。親御さんから手紙がよくくる家のお子さんは、まじめで、いいお子さんだ」と言われ、恥ずかしくもあったが、とてもうれしかった。

両親にあてた手紙は、四年間で百五十七通あったようだ。父はそれらをワープロで打ち二冊の冊子にしてくれた。表紙には「こんにちは、お元気ですか」と書かれ、これは母の字である。それは平成二年秋、父から贈られた。私は思いがけなく自分の過去と対面することになり、かけがえのない財産となった。


平成七年四月、息子がひとり暮らしを始めることになった時、大家さんの言葉がよみがえった。十日から二週間に一通の割で息子に手紙を送ってきた。これまで百通はあるだろうか。息子からは八通届いた。クリアブックに大切に保存している。

今年三月、帰省した息子に尋ねてみた。

「お母さんの手紙どうしてる」

「うん…、捨ててるよ」

私にしても、あの時期の両親からの手紙は一通も残っていない。
先刻の電話のやりとりを思い出しながら、便せんを取り出した。
父の六回目の祥月命日である六月三十日が迫っている。

図書館に恋愛中

「予約図書がご用意できました」

留守電のメッセージが流れる。時計を見るとまだ午後四時半。閉館に間に合う。自転車で片道十五分かけて出かける。

結婚して二十六年。夫の転勤に伴い、住所は八度かわった。引っ越すとすぐ図書館をさがす。思いがけず隣だったときは小躍りしたものだ。そこでは一歳と二歳だった子どもを連れてせっせと通い、親子でたっぷりと恩恵を享受させてもらった。

どこの図書館も貸し出し日数は二週間だったが、冊数は一回三冊もあれば、制限なしというものもあった。図書館で本をさがす時間は読むときに劣らず楽しい。何の予備知識もなく借りた本にぐんぐん引きつけられることがたびたびある。一度好きになると、その作家の本ばかり借りてくる。何度読んでも感動する本は手元に置きたくて、買ってしまう。本は増え、引っ越しの度に夫との争いの種となる。

読んだ本を記録に残そうと、ノートに書名、著者名、出版社名、二、三行の感想を書き込んだことがある。二年ほど続けただろうか。(自分の心にとどめるだけでいいや)と思うようになり、やめてしまったが、そのノートを開いてみると、やはり懐かしい。

大阪に住むようになって三カ月余。区内の図書館へ予約図書を取りに行ったついでに、好きな作家の新刊を二冊も見つけることができた。「これぞ人生のだいご味」とペダルを踏む。今夜も秋の夜長になりそうだ。

捨てる気になれなくて

「白菜はもうすんだだろう。里イモももうなかろう」

母から電話があった。先月満八十歳となった母は、岡山県の北部で独り暮らしである。父が亡くなってもう七年。体の弱かった父の分まで田仕事に畑仕事にと、働き通してきた母は、今も畑仕事だけは現役。帰省した折には私も手伝うが、お前のクワの打ち方は見ておれんと言う。

そんな母も年明けに風邪をひき、長い間寝込んでしまった。やっと床上げしたからと、報告のあとに続いたのが冒頭の言葉。寝込む前たくさんの野菜類が送られてきたのだが、もうなくなっただろうと、気が気でなかったらしい。

「野菜は買えるんだから、重たい物なんか持っちゃだめよ」

と、しかり声を出す私に、

「もう、よう作らんかもしれん。送ってやるのが楽しみなんだ」

と電話の向こうのしんみりした声に、一瞬胸が詰まる。

四季折々の野菜を育てては、姉と私のところにせっせと送ってくれる。それが母の生きがいのようだ。

その荷物が今日届いた。無農薬の野菜は虫食いの穴があちこちにある。でも、捨てる気にはなれなくて大事に洗う。今晩は野菜たっぷりのなべ物にしよう。そして母に電話してたっぷり話そう。母は背中を丸めてこたつにあたりながら、そうか、そうかと相づちを打ってくれるだろう。

見なきゃ心配、見れば…

ひとり暮らし六年目になる娘を横浜に訪ねた。一年八カ月ぶり、三回目の一泊訪問である。

１Ｋの部屋に入ると、ついあちこちに監視の目がいく。新聞を片付けようとすると、「切り抜き別に置いているからつつかないで」と言われた。衣類をケースにしまおうとすると、「洗濯するもの、明日着るものに分けているんだから。そこに座ってテレビでも見てて」と、動きを封じられてしまった。

私は手持ちぶさたで落ち着かなかった。

娘は大学をおえると同じ地で就職した。社会人二年目となって配属職場も換わり、張りきっているようだ。

思えばこの子は、生後三十四日目で肺炎になり、生死の境をさまよった。はった、歩いたと喜んだこと、入園式、入学式……と、娘の姿は私の中にとどまっているのに、時間はどんどん流れていってしまう。娘だけがどんどん先に進んでいくようで一抹のさびしさがわく。

帰りの新幹線では、あの子の部屋でしてやりたかったことが次々に浮かんできて悔やまれる。娘のひとり暮らしは見なきゃ心配だし、見ればまた心残りとなる。四回目の訪問は、やっぱりやめとくかなあ。

ごはんコールの種明かし

「ごはんよー」

　母の声がする。まだ起きたくないな。寝床でグズグズしていると、母の声はだんだんと大きくなる。ずっと前にもあったなあと思ったところで、目が覚めた。

　もう、四十年以上前になる。小学生の私は、毎朝、何回も何回も、「ごはんよ」と呼ばれて仕方なく起き出していた。当然、叱られる。

（よし、明日こそは早く起きよう）

　と決心した私は、ある朝一回目の母の声で起きた。意気揚々と台所に飛んでいった。母は野菜を切っていた。ちゃぶ台には、何ひとつのっていない。

「なあんだ。できてないじゃない」

母は、ちゃんと計算してごはんコールをしていたのだと気がついた。そばで新聞を広げていた父も巻き込んで、三人で大笑いした。


「ごはんよー」

呼ぶ立場になって、三人の子どもたちとの毎朝があった。ドタバタと時間差で起き出してくる子どもたちに、口も手も忙しく動かしながら急かした。今は三人とも家を出てしまったが、ごはんコールには母としての充実感がいっぱいあったと、懐かしく思う。

時には母の早めコールを思い出してひとり心を温めたり、活気のあった朝食風景を胸によぎらせたりしながら、夫とふたり分の朝食を整える。

ごはんコールすることもない食事は、短時間で終わる。

イチジクむく母の思い

今から二十七年前の初秋、婚約中の夫の実家を訪ねた。きれいにむいてお皿に盛りつけられたイチジクを、私は勧められるままに、次から次へと口に運んでいた。

「お前は食べんのか?」

新聞を読むばかりで一向にお皿に手を伸ばそうとしない息子に、たまりかねたように、お義母《かあ》さんは問い掛けた。

「あっ、いけない」と気づいた時は、もう後の祭り。お皿のイチジクはあらかた消えていた。後で夫が言うには、私は十個も平らげたそうだ。

三人の子どもたちの中で、長男はイチジクに目がない。先日、帰省した長男に、イチジクをむいてやりながら、あの時の情景を思い出し、お義母さんの胸の中がよく分かった。息子の好きなイチジクをせっせとむいていたのだ。

近くに二本のイチジクがある。買い物の行き帰りに足を止めて見る。小さな実がだんだん膨らみ、熟し始める様子に、心騒立《さわだ》てている。

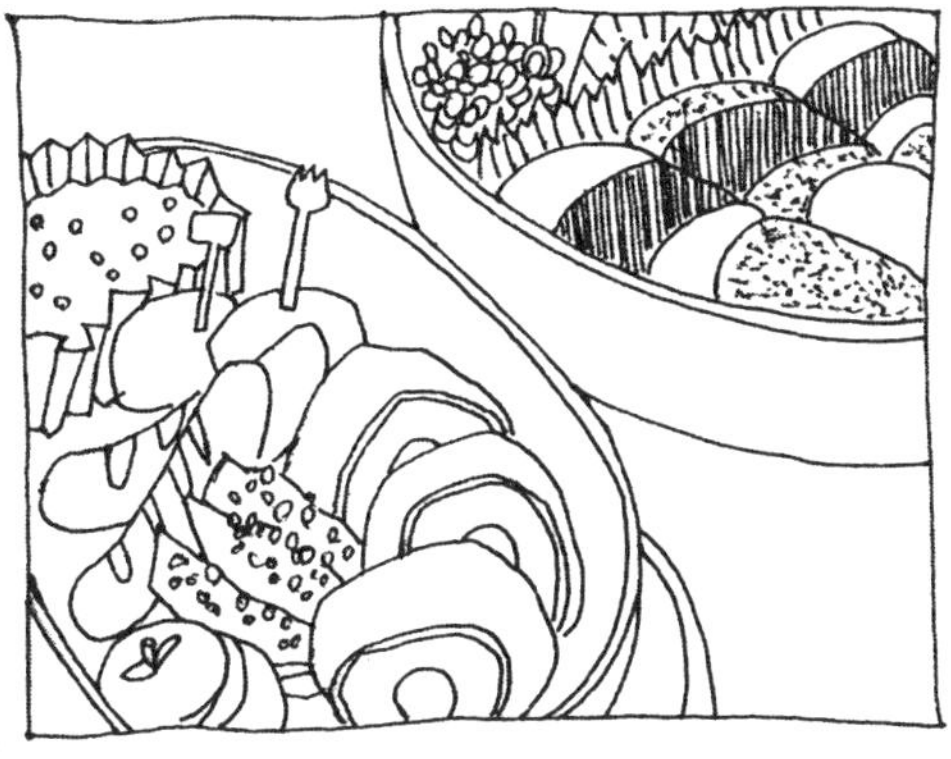

下宿のおばさん

ある日の朝刊の家庭欄にこんな記事が載っていた。

『夫婦の寝室は同室か別室か』

題材はさほど目新しくもないが、おもしろいのは、その結論である。

『同室派はお互いをパートナーと思い、別室派はお互いを同居人と思う傾向にある』

なるほど。これは納得だ。

わが家は結婚して二十七年。別室派二十六年目である。別室派大ベテランであるから、同居人というよりは、下宿のおばさんと下宿人という間柄の感覚である。ところが、この下宿人ときたらなかなか手強い。

第一に気分屋である。大体が怒りっぽいが、たまに躁になる時があり、対応にとまどう。

第二に神経質である。ほこり、ゴミの類にやたらうるさい。また所定の場所に物がないと、寝ていても叩き起こされる。

第三に時間に正確である。定刻に出勤し、定刻に帰宅する。もちろん、起床・食事・入浴など、すべて五分と狂ったことがない。

第四に自分の都合のよいルールを変幻自在に作る。それを振りかざしては、下宿内を闊歩する。

おばさんはしばしば下宿代の値上げを要求しようか、この生業を辞めようかと悩む。

いつか新聞に、別室年数による夫婦の意識変化の記事が載らないものかと待っている。

下宿人の次の段階《ステップ》は、さしずめ「隣人」とでもなるのだろうか。

夫の怒声と優しさと

「キャーッ」

階段を踏み外して五、六段すべり落ち、おしりをしたたか打ちつけた。下で物音がするので、偵察に行くところだった。深夜十二時のことである。

うずくまっていると、上から夫が怒鳴った。

「電気をつけないからだ。何ごとかと、隣近所が駆けつけてきたらどうするんだ！」

「大丈夫か」と気遣う一声もない。そばにかけ寄る気配すらない。それだけ怒鳴ると、部屋に入り、ドアをバタンと閉めてしまった。おしりの痛さもさることながら、先日もこれと似たような場面があったなあと、心はずしりと重くなった。

三日前のこと。ガラスのコップを落とした時も、私の指先の傷より、夫は割ったという失敗をとがめた。これから先、こんな冷酷な夫となんか一緒に暮らせるものか、食事の支度もしてやるものかと、怒りがわいてきた。

朝になった。

おしりをさすりながら、くすぶる気持ちのまま台所に立っていると、起きてきた夫が、「昨日はどうしたん?」と、からかうような調子で切り出した。

そして、「気をつけてくれよな」

昨夜とはうって変わった態度である。そう出られては私の怒りの矛先も持って行き場がない。本当は優しい心根の人なのか。シャイで照れ屋なだけなのか。

いつも、この手で懐柔されてしまう。見合い結婚二十七年。まだまだ戦《そよ》ぎは続く。

揺れる心と柿の実

庭の富有柿の実が色付き始めた。

朝な夕なに見ていると、セピア色の情景が浮かんでくる。

実家には、父自慢の柿の木があった。

『やへい』という種類のその柿は、実も大きく甘さもたっぷりで、いつまでも口の中に含んでおきたい気がした。秋になるとオレンジ色に輝くたくさんの実を身に纏い、井戸の横に立っていた。実を取る作業は、一家総出の年中行事だった。

「明日は柿を取ろうなあ」

晩酌で顔を赤くしながら父が言う。いつ？　いつ？　と父に催促していた私は（ヤッター）とばかりに、早々に寝床に入る。

翌朝、先を割った竹竿を持った父が、柿の木に登る。祖母、母、姉、私は下で待ち受ける。

「ほおれ、ほおれ」

リズムをつけて言いながら、父は私たちの目の前に竹竿を差し出す。先には見事な柿の実が挟まっている。私は誰よりも多く取ろうと、竹竿の先めがけて走り回る。

収穫の喜びにみんなの顔が綻ぶ。近所におすそわけに廻る喜びは私の役目。食べ過ぎてお腹が痛くなり、こたつで丸くなって痛さを我慢するというおまけつきも、毎年のこと。

祖母も父も、今はもういない。姉も私も嫁いだ。母ひとりで守っている柿の木は、年々実をつけなくなったそうだ。思い出ばかりに心が揺れる。

庭の柿の実が、秋陽の中で輝いている。

スイカと日本茶

母はスイカ栽培の名人だ。夏になると、家内中が縁側に腰かけて、母自慢のスイカにぱくついた。

昭和四十二年夏も、同じ光景が繰り広げられるはずだったのに……違っていた。母が一切れも食べようとしなかったのだ。いぶかる私たちに「お腹の調子が悪いから」と、母の返事は毎日その一点張りだった。

八月も末のある晩、夕食をとっていた時、母は突然外に飛び出て、口にしたものを吐き出し、涙声で叫んだ。

「スイカを食べてしまった！」

その年の夏の初め、姉は岡山県と大阪府の教員採用試験を受けていた。母は岡山県採用の『願かけ』をしていたのだ。大好物を断ち、しかも内密でなければ、効力はないのだそうだ。発表まであと少しのところへきて、母はスイカの漬物を食べてしまったのだ。

採用されたのは大阪府だった。そして就職して二年目、ある家の長男と恋愛結婚した姉は、京都府が本籍となった。願かけ中の自分の不覚が、家を継ぐはずの娘を手離してしまうことになったのだと、母の悔やみは長く続いた。

さて、姉の四年後は私の番となった。第一希望の職場に採用が決まり、自宅から通勤できることになって、ふと、母に尋ねてみた。

「願かけなんかしなかったよ」と母。

「やっぱりね。実力だってことよね」

自信満々の私に、父がぼそっと言った。

「『お茶断ち』だったぞ」

師走の昼下がり

「ママは寝るから、仲良く遊んでてね」

三歳の長男と二歳の長女のふたりの子どもにそう言い聞かせて、風邪気味の私はコタツにもぐりこんだ。師走の昼下がりのことだった。

眠っていても、体の半分ではふたりの様子を窺いながら、小一時間も経っただろうか。あまりの静けさに飛び起きた。

ふたりは鏡台の前にいた。私の化粧品は散乱していた。くちびるに紅を塗りつけたふたりは、まさに恍惚の体で鏡に向かっていた。その顔を見て、思わず吹き出してしまった。

丸い白い椅子の付いた白い鏡台は、私の嫁入り道具だった。風呂なし六畳一間から始めた結婚生活。

「家具は最小限しか置けないぞ。鏡台の置き場なんかない」と言う夫に、それだけは強硬に主張して獲得した、私の空間だった。お嫁入りには鏡台を持って、それも白というのが、私の憧れだったからだ。

引き出しに装飾品を入れ、化粧品を並べ、刺繍した手製の布カバーを掛け、ママの大切なものだからと、ふたりには絶対さわらせなかった。

私に見つかって、顔をこわばらせ身構えたふたりも、私の笑い声にホッとしたのか、満面の笑みで駆け寄ってきた。


現在、二十五歳と二十四歳のふたり。このことを覚えてはいないだろう。二十年間一緒だった鏡台も、五回目の引っ越しの時にお蔵入りとなった。

師走の昼下がりの一時、愛しい想いが募る。

帰省

母が独りで暮らしている岡山県北部の実家に、帰省した。母の義弟の突然の訃に呼ばれてのことだった。

通夜、告別式と終わり、その夜は母と並んで床についた。

「私より六つも若いのになあ。人の命なんてあっけないもんだなあ」

母は今年八十一歳になった。

豆電球だけつけた薄明かりの六畳の部屋。布団に入っていても、頬も鼻も冷たい。平成十三年一月六日の深夜。

母の言葉は、白い息となって口から出てくる。あとからあとから湧き出ては、消える。

やがて、軽くいびきをかき始めた母の横で私の目はすっかり冴えてしまった。実家に帰省するのは、背中に翼が生えて、まるで飛び立つようなうれしさだったのは、随分と昔の話になってしまった。

七年前の夏、一カ月余の入院の末、父は逝った。その間、三度帰った。日に日に父の容態は悪くなってゆくばかりだったから、病院に続く坂道を登る時、私の胸はつぶれ、足は萎える思いの帰省となった。父の横に寝ながら、真夜中に何度も起き上がって、父の呼吸を確かめた。

ついと、母のいびきが止んだ。急いで母の口元に手をかざした。生温かい息がかかってくる。やれやれ、大丈夫だ。

「とっ子、いつまで寝てる。もう八時ぞ」

翌朝、母が台所から叫んだ。

常《つね》ちゃんの連れ

「常ちゃんの連れですわい」

助産婦さんの第一声だったそうだ。

第一子は女の子。その誕生から四年後、男の子であってほしいという期待に反して、誕生したのは女の子。常子という名の、第一子の連れということだ。

昭和二十四年十月三日宵の口。母に陣痛が始まった。祖母に促された父は、助産婦さんを呼びに行くことになった。現在では、岡山市と鳥取市を結ぶ国道53号線として交通量の多い道も、当時は細い山道だった。

漆黒の闇の中を、提灯ひとつの灯りだけが頼りの道。山からはキツネの鳴き声や何やら獣の動くような気配。三十三歳だった父も、とても心細く怖かったそうだ。後年、身振り手振りを交えて、父は繰り返し、その話をしたものだった。

とうとうその夜は明かし、四日早朝五時過ぎの出生となった。髪の毛の薄い児だなあというのが、母の第一印象だったという。十カ月経っても丸坊主の、男の子のような写真が残っている。

十月の農家は、稲の刈り入れ時。二十九歳の家付き娘だった母も、早い床上げをしたそうだ。

そして私は、〝おときばあさん〟と呼ばれて、みんなに慕われ、一目置かれていた近所のおばあさんにあやかるように『とき子』と命名された。

「常ちゃんの連れ」として登場した私は、弟も妹も持つこともなく、今に至っている。

坂道

自転車で坂道を登る。なんだ坂こんな坂と気合を入れながら漕ぐ。最寄りのJR北小金駅に行く道は、駅の手前で急な登り坂となる。

十二年前に越してきた時、私は三十九歳だった。この坂道など苦ではなかった。駅向こうの病院に入院していた義母のところへ通う時も、当時、小学四年生の末娘を後ろに乗せて悠々と登りきったものだ。

三人の子どもたちも、中学・高校とそれぞれ六年間、この坂を自転車で登った。

「あの坂がなけりゃいいのに」

子どもたちは、毎朝のように文句を言った。

「帰りは楽でいいでしょ」

その度に、急きたてて見送った。

その朝の情景も、末娘が家を離れた三年前からなくなってしまった。

家から駅まで自転車で十分。道の両側の景色も、十二年の間に随分変わった。

林や畑が消えた。洒落たお店ができ、高層マンションが立ち並び、コンビニができた。坂道は、街灯に照らされ、行き交う人々が増えた。

この坂道を、私は週二、三回登って駅へ急ぐ。

懸命に漕いでいると、巣立っていった子どもたちと、どこかで繋がっているような気持ちになってくる。

あの子たちも、こうやって毎朝登っていたんだな。お母さんも頑張って登っているよ。

坂道への愛着とこだわりを、他愛ないことと思いながら、今朝も登る。

待ちあわせ

夫と待ちあわせをした。JR原宿駅改札口前、午後五時。

前夜。夫は、私に渋谷区の地図と電車路線図を持ってくるよう指示し、何回も説明したあと、復唱を強要した。私は、夫のこの有無を言わさぬ態度に従う他ない。

昭和四十八年、結婚した私たちは、東京暮らしとなった。夫は東京在住三年目、私は岡山県北部の人口五千人弱の町から上京した。夫の帰りは毎晩遅く、知り合いのいない私は、家に閉じこもってばかりだった。

そんなある土曜日。

「昼までに仕事を終わらせるから、新宿を案内してやるよ」

と夫が言った。待ちあわせは、京王線新宿駅南口の改札口前、午後一時。

無事、南口の改札を出た。人の流れの邪魔にならないように柱の横に立った。方向音痴に加えて右も左もわからない私は、そこを一歩も動かなかった。夫が、柱の陰にいる私を見つけたのは午後三時過ぎだった。

それ以来、二十八年振りの待ちあわせなのだ。

さて当日。二十分前にその場所に立った。改札を出てくる人の群れに目を走らせる。夫に似たような人を見ると、心が浮き立つ。私のそんな心の動きが、少々腹立たしくなる。

「よく来られたね」

五分前に現れた夫は、そう言って揶揄した。

(失礼な。私はもう東京人よ)という言葉はのみ込むことにしよう。

冬空の下、NHKホールに向かった。

父からの年賀状

思いがけなく、父からの年賀状を受け取った。結婚して三度目のお正月、昭和五十一年元旦のことである。

父は「自分は悪筆だから」と、よく言っていた。大切な手紙の類は、母がいつも代筆をしていた。だからといって、書くことが嫌いだったわけではなく、日記は毎晩かかしたことがなかった。

日記を書いている父の横から、私はその文面をよく覗きこんだものだ。起床時間から始まって、一日の農作業、電話をかけた相手と内容など、こと細かに綴っていると話してもらったが、確かに父の文字の判読は難しかった。

姉の子どもが幼稚園に通うようになって、父の誕生日にお祝いの手紙が届いたという。早速、返事を書いた父は、孫に読める字だろうかと、はたと考えたそうだ。そして、六十の手習いとばかりに一念発起して、ペン習字の通信教育講座を申し込んだらしい。

六カ月の受講期間を終え、父はその年の年賀状書きを一手に引き受けたようだ。わが家にきたのも、その中の一枚である。それ以後も、父の丁寧な自筆の手紙が届くようになった。

平成になってからは、七十の手習いだと、ワープロに挑戦を始めた。近年はもっぱら、ワープロの手紙となっていたが、七年前からは、それにもお目にかかれなくなった。

引き出しに仕舞いこんでいる父の手紙を、時々取り出して眺める。右上がりの独特の表書きの文字が、切ない。

冬の朝

温かい布団から出るのがおっくうで、あと五分、あと一分と言い聞かせながら、夢と現のはざまをぐずぐずする。そんな時に決まって思い浮かべる情景がある。

「さあ、そろそろ起きようか」

父の声がする。農家の朝は早かった。父母はいつも、今日一日の仕事の段取りを決めてから起き出していた。私はふたりに挟まれて寝ながら、夢現に聞いていた。その話し声に安心して、また深い眠りに落ちていくのが常だった。

「とき子がなあ」

ある朝、ふたりは私のことを話し出すではないか。身を固くしていると、家の手伝いをしてくれて助かるとか、勉強も頑張っているとか、本当にいい子だとか聞こえてくる。何ともくすぐったかった。

もう、四十年以上も前、私が小学生の時のことだが、ふたりは私が聞いていることを知った上での語らいだったんだと、今さらながら気付かされる。

里帰りした時も、ふたりの話し声は襖越しに聞こえてきた。お互いの体を労り合い、孫の仕草のかわいさを話している。そんなふたりの会話を聞くのは、とても楽しかった。

七年前から、母は独り暮らしになった。

八十一歳の母の住む中国山地のふもとは、今朝も氷点下となっていることだろう。

思いを馳せていると、いつの間にか起き出す刻がきていた。

電話

「用事はそれだけ？」

一刻も早く電話を切りたいといわんばかりの娘の言葉が、受話器を通して私の胸を塞ぐ。

娘のひとり暮らしは六年目になる。のんびり屋で一歳上の兄と、甘えん坊で三歳下の妹に挟まれて、小さい頃からしっかり者だった。少々のことでは弱音を吐かない頑張り屋だった。それをいいことに、私の、この娘へのアンテナの張り方は、兄妹に比べて手を抜いていたと思う。

ところが娘は、そんな私のすまない気持ちを意に介さぬばかりか、長じて、さらにしっかり者になったと、私は安心だった。

夫が出張した今夜、娘と久し振りにたっぷり話をしよう。愚痴も聞いてもらおうと、娘の帰宅した頃を待ちかねて電話したのだ。

いま考えると、娘の声は最初から元気がなかった。あれっ、と感じながら、話したい気持ちが先行して一気にまくし立てた。それに対しての娘の返事が、冒頭の言葉だった。

「体は大丈夫？」

切られる前に急いで問い返した。

「なんともないよ！」

娘のつっぱった声は鼻声だった。自分のことは一言も私に話そうとしなかった娘と、踏み込んで聞けなかった私。

深夜一時をまわった。いま、娘はどうしているだろうかと心配を募らせながら、娘の心を解きほぐす術も思い浮かばない。電話した淋しい夜が更ける。

心配性の夫

お酒の飲めない夫は、退社後のおつきあいをすることもなく、定刻のご帰館である。

それでも、どうしても断れない時があるらしい。このところ珍しくそんな夜が続いた。

「遅かったわねえ」

夫は、自宅の鍵を持って出たことがない。私は玄関の戸を開けながら言う。

「おや、ご心配ですか?」

夫は靴を脱ぎながら、からかうような調子で言う。

「とんでもない。小指の先っぽっちも心配なんかしてませんよ」

リビングに入る夫を追いかけながら、私は返す。

「俺は、お前が出かけた時は心配だなあ」

脱いだコートを私に手渡しながら、夫が言う。一瞬、動きを止めてしまった。思いもかけない夫の言葉である。

「そりゃ、私が帰ってこなきゃ、自分の食事がどうなるか心配だもんね」

あーあ。また言ってしまった。

「ほんと！」と、ここで喜べばいいものを、元来、天邪鬼にできている私は、嫌味が口をついて出る。

「いや、いや、本気で心配しているんだぞ」

今夜の夫はやけに下手に出る。これこそ心配ものかもしれないが、追及はやめよう。

そうか。私の外出を制限するのは、偏えに私のことが心配だからだったのか。

（知らなかったなあ。二十七年間も）

怖い口ぐせ

「もう、駄目かもしれない」

　夫の口ぐせである。もう駄目かもしれないというのは、体がしんどくて死ぬかもしれないという、自分の死期の予言である。

　スギ花粉の飛ぶ今の時期、この予言の頻度は高くなる。出勤前、帰宅後、私に向かって連発する。そして、こう続く。

「お前は、元気でいいなあ」

　私だって生身の人間。風邪もひけば下痢もする。でも、しんどい、しんどいと先を越されてしまっては、私の不調は引っ込めざるを得ない。ましてや夫に訴えたところで、どうなるものでもない。

東京大学総長の訓辞――『太った豚より痩せたソクラテスになれ』

新聞で読んだこの言葉を深く心に留めていた私は、お見合いの時の、夫のスマートな体型は魅力的だった。

しかし、その体型は胃腸の弱さからくる太れない体質であることを、私は後々知った。

結婚してすぐ、夫にこの言葉を言われた時は肝を冷やした。結婚したからには、何があろうと私が支える。私が働いたっていいんだし、と密かに決心したものだ。

あれから二十七年、夫は五十三歳になった。もう駄目と言い続けた割には、長く保っているんじゃないかと思う。

夫の口ぐせを単に聞き流すと、烈火の如く怒り出すので、「あなただけが頼りなんだから大事にしてね」という殺し文句も習得した。

やれやれ、今朝も無事送り出した。

じゃがいも恋物語

（あっ、新じゃがだあー）
スーパーに、山積みのじゃがいもが目に飛び込んできた。今晩は肉じゃがにしよう。

昭和四十年四月、私は高校一年生になった。
入学と同時に、下宿して自炊生活を始めた。三畳一間。座り机に共同の炊事場と風呂。下宿代月三千円。食費の予算月三千円。昼食は学校の食堂で三十五円のうどん。親元を離れた寂しさより、新しい生活が新鮮で、辛いと感じなかった。友人もできた。

母は、私がちゃんと食事をとってるかどうか、気がかりでならなかったらしい。忙しい農作業の合間を縫って、米・野菜・お惣菜をせっせと持ってきてくれた。

そんなある日、母は思い立ったらしい。じゃがいも料理の大好きな私に、収穫したてを食べさせてやりたい、と。

家から下宿までは、バスに一時間半乗り、坂道を三十分歩く道のり。日も暮れかかった頃、風呂敷に包んだじゃがいもを背負って、母は急ぎ足だった。ところが、どうした弾みか坂道の途中で、風呂敷の結び目がほどけた。中のじゃがいもは、坂をおもしろいように転がりだし、慌てふためいた母は、一生懸命拾い集めたそうな。下宿に辿り着いた母が興奮して話してくれた。

じゃがいもを手にする度、その姿はありありと目に浮かぶ。

おいしそうな匂いがしてきた。鍋の中で、じゃがいもがホクホクと笑っている。

夢に出てくる父

臨終の父の傍にいたのは、私ひとりだった。

「あの時、お前と交替さえしなければ。あの時、もうちょっと早く家を出ていれば――」

間に合わなかった母は、繰り返しそう言った。そう言っては長く悔やみ続けた。

「あまりにも近しい者が傍にいると、心が残って成仏できない。一番気がかりな者だけを傍に呼び寄せる」との、周りのなぐさめにも聞く耳を持たなかった。

そして、母は涙を流しながら続けた。

「死んだもんは、夢の中で喋らんというけど、喋らんでもいいから、出てきて欲しい」

私はよく父の夢を見る。夢で逢う父は、生前と同じに物静かで、優しい語り口だ。でも父が、私の夢に出てくることは、ずっと母に内緒にしていた。いつまで経っても、夢にも出てきてくれないと、悲しむ母にはどうしても言えなかった。

「あのなあ」

帰省した昨年春、並んで寝ながら母はこう切り出した。

「お父ちゃんが、この頃よう夢に出てきてなあ。死んだもんは喋らんいうけど、ありゃあウソじゃなあ。こないだはドンドン戸を叩いて大声でわたしの名を呼んだんで。迎えにきたんかと、もうびっくりして慌てたけどな。目が覚めてから可笑しゅうて」

あの時の負い目が、すうっと消えていく気がした。

父の八回目の祥月命日が、もうすぐだ。

殻を破って不良中年に

「お母さん、不良中年になってね」

平成十年四月十二日、三人兄妹の末っ子である娘は、私にそう言い残して学校へ出かけていった。

娘は、広島県福山市で大学生活を送ることになった。その用意を整えてやり、いよいよ私は千葉県松戸市に戻るという日の朝のことであった。

「えっ、なんてこと言うの」

娘の、思いもかけない言葉に戸惑った。怒り声に照れ笑いを浮かべて見送ったが、娘の投げかけた言葉は、不可解で気になった。

私は、四歳違いの姉との二人姉妹だった。

「お姉ちゃんの授業参観は楽しみ。鼻高々でいられる」

母はよくそう言った。姉は優等生だったのだ。私はそんな姉が自慢で、目標だった。

そして親となった私は、子どもには姉のようになって欲しい、母のような気分を味わいたいものだと意気込んで、叱咤激励した。三人の子どもたちは高校を卒業すると、さっさとひとり暮らしの道を選んで飛び立った。

俗にいう『空の巣症候群』の日々を送るうち、娘の言葉は私への餞の意味があったのではないかと、思い当たった。

はたして、帰省した娘に問うと言った。

「そうだよ。好きなことして遊んでよ」

あっさりしたものだ。そして付け加えた。

「堅苦しい親は、子どもには重荷だよ」

最初に言われた時から三年。娘の指摘した堅い殻にヒビぐらいは入ったかなあ。

家と竹林と墓

家の北側は、なだらかな丘で、竹林になっている。

土地を見に来た時、この竹がつやつやした緑の葉を揺らしている姿が気に入った。竹林の持ち主は真言宗のお寺さんで、竹林の隙間を通して、幾基かの墓石が見えていた。

十三年前、新築だったこの家に越してきた。

小さい庭だけど木を植え、花を育てた。庭から見上げる竹林の緑は目を十二分に楽しませてくれた。ところが七年前、隣の奥さんからこんな話を聞いた。隣とは、ほぼ同じ間取りである。

「夕方、家の階段を上がっていったら、二階の北側の部屋の窓枠に白い着物を着た男の人が座っていた」

私はパニックになった。家族中に呆れられながら、陽のあるうちから二階のカーテンを閉めた。小さい頃からの『怖がり』が一度に復活した。クーラーや扇風機をつけると頭が痛くなる。だからと言って窓も開けられず、夏には私だけ汗だくになって寝ていた。


この夏も汗だくの話を、先ごろ、職場で披露した。それを聞いていた中のひとりが、言いにくそうに、もそもそと言った。

「悪いんですけど、幽霊は窓閉めてても入ってくるものだと思います」

「あっ、そうか。そうよねえ」

途端に気持ちが軽くなった。

その晩、早速、窓を大きく開けた。竹林を渡る涼しい風を感じながら、寝ている。

出てきた手紙

東京駅から博多行きの新幹線に乗った。

岡山駅で津山線に乗り換え、津山まで快速で一時間。そこからバスに乗ることと四十分。母の待つ実家に着いた。

「おかえり」と、姉が庭先から顔を覗かせて言う。大阪から帰った姉は少し前に着き、着くそうそう庭の草取りをしていたらしい。独り暮らしの母が寂しくないようにと、いつもは姉と日にちをずらして帰省していたが、今回は、家の片付けがしたいと言う母の希望で同じ日にした。

翌朝早くから、母に起こされた。母がもっとも気がかりだという、父の遺品から整理することにした。

廊下の収納棚に詰め込まれている数々のダンボール箱の、一番下の箱の中、一掴みのビニール袋の中に、それはあった。箱の外側には父独特の右上がりの字で『常子・とき子の手紙』と書いてあった。

父は、昭和二十六年七月から三十年十二月まで結核で入院していた。その父に宛てた私たち姉妹の手紙だった。年月日から逆算すると姉九、十歳、私五、六歳の二年間の物だ。

思いがけない宝物を見つけたような興奮で奪い合って読み始めた。そしてひとりが声を詰まらせると、三人は次々にエプロンで涙をぬぐいながら、泣き笑いになった。

父が逝って七年。父の日記、父の作った物に、やっと冷静に向き合えるようになった。

「お父ちゃんのいい供養だ」

母が呟く。

モーニングコール

「お母さん、七時にモーニングコールして」

娘から電話だ。何でも月曜日から病院実習が始まり、明日は五日目。もうクタクタで起きられないかもと、頑張っているんだから応援してと、言わんばかりの口調である。

「何言ってんのよ。自分で起きなさい」

そうは言っても、明日は七時前から電話の前で待機する私がいるに決まっている。娘は年に五、六回、モーニングコールを頼んでくる。

思えば三年前、大学生になった娘は下宿先の福山市に発っていった。

「えっ、よく手離したわねえ」

そのことを知った私の友人たちは、一様に口をそろえて言ったものだ。

「〝可愛い子には旅をさせろ〟よ」

強がってはみても、その時の胸の裡は風が吹き抜けていくように虚ろだった。上の二人の子どもが同時に家を出たあとの三年間、この娘とは寄り添って過ごしていたのだ。

「ひとりは自由でいいよ。就職しても、絶対、ひとり暮らしをするからね」

娘は事あるごとに憎まれ口をきく。親の、お金の算段も知らないでいい気なものだと思いつつ、まあ〝元気が一番〟と考えてきた。

「もしもし、七時だよ」

「ありがとう」

明るく答える娘の声を聞きながら、モーニングコールを頼むというのはひょっとして、娘なりの私への気配りなのかもしれないと思えてきた。

（何はともあれ、娘には私が必要なのだ）

自転車やめるかなあ

一瞬、何が起こったかわからなかった。右足首が痛くて声が出ない。どうも自転車ごと、転んだらしい。

火曜日、仕事の日である。最寄りの駅まで自転車で急いでいた。途中には一カ所だけ信号機がある。その信号が緑の点滅を始めた。これを逃したら、かなり待つことになる、と気があせった。

歩道から車道に下りる段差で滑ったようだ。とにかく速く、横断歩道を渡らなきゃ。列をなしている車に会釈しながら、自転車を引きずった。

反対側から渡って来る人が二人いたと思うけれど、知らん顔だった。いやいや、人を当てにしたところでせんないこと。電車に乗り遅れでもしたら大変と体勢を立て直した。

電車を降りて、職場まで徒歩十分の道のり。右足をかばいながら、どっと気が滅入る。

「ほんと、不注意だったわ」

同僚にいいわけしながら、湿布を張る。六時間半の立ち仕事は、いささかこたえる。

「自分の年を考えろ。五十二にもなって、自転車に乗る方が間違ってる」

夫の言葉も黙って聞くしかない。湿布を張り替え、すりむいたひざこぞうに軟こうをつけて、早々に布団をかぶった。

翌朝、足首の痛みは引いたが、ぷっくりはれ、あちこち紫色だ。

あーあ、若くはないしなあ。自転車やめるかなあ。

息子へラブレター

やっとEメールが打てるようになった。

市主催の講習会に四回通い、自宅では夫に頼み込んで教えてもらった。

機械オンチで、いまだにテレビのビデオ操作さえできない私が、Eメールだけは何としても、と奮起したのには理由がある。

二十六歳になる息子は、京都でひとり暮らしをしている。もう七年になる。電話をくれたり、手紙をくれたりしたのは最初の頃だけ。

(里心がつくよりはいいや。便りのないのは元気な証拠)

そう自分に言い聞かせる。

手紙はいつも一方通行。電話はいつも留守電。男の子だし、夜いなくても、さほど心配ではないけれど、無性に声が聞きたくなる時がある。矢も盾もたまらず、今ならいるだろうと朝早く電話する。息子は何とも素っ気ない返答ばかり。

（あーあ、いけない。子離れしなきゃ）

受話器を置きながら反省する。そして、息子の生活時間を邪魔しないEメールにしようと思い立ったのだ。

ついに、二ヶ月前に、初メールを送信した。

きた！　きた！　息子から返信がきた。その日のうちに返信がきた！

うれしくて、また送る。また、きた！

ところがそこまでだった。

懲りずに、今朝も送信して望みをつなぐ。

息子にお嫁さんがきたら、干渉しない、ラブレターは出さない、姑になる、つもり。

捨てられていた写真

道路に写真が落ちている。

ゴミ袋の口をきちんと閉めていなかったのだろうか。ゴミ収集は終わり、車が立ち去った直後のようだ。写真に交じって生ゴミも落ちている。

写真は断片になっていた。手でちぎったようだ。若い男女、数人が写っていたらしい。破片のいくつかにそのこん跡があった。ほぼ完全なままの一葉もある。そこには、短い髪、きれいな歯並び、にこやかな笑顔の若い女性がいた。

写真は何枚あったのだろう。踏みつけないように気を付けて通りながら、写真に収まっていた人たちの人間模様に思いがいく。

今年の夏、二十四歳になる娘が私の生家に泊まりに行った。大阪出張のついでに岡山県北部の田舎まで足を延ばしたのだ。

独り暮らしの母に会いに行ってくれた。

二泊して帰ってきた娘が私を問い詰めた。

「二階の、お母さんが使っていた部屋を探検してたらね、おもしろい物を見つけたよ。半分に切られた写真をね。大学生のお母さんの横にいたのは誰なの？切られた半分には誰が写っていたの？　彼だったんでしょ。なんで切ったの？」

足元の写真は、私を一足飛びに三十二年前まで連れ戻す。あの頃の心の動きに通じるものがある。娘に問い詰められても、どうしても説明できない心の機微。

そう、破って捨てたい過去もある。

捨てられない、子どものもの

「うん、いいよ。全部捨てて」

電話で確認する私に、子どもたちはいとも簡単に返答した。

『明日は穏やかな晴れ。風もなく、小春日和になるでしょう』と、予報が出た十一月中旬だった。

（よし、明日は片付けをしよう）と思い立った。

家を出て行った三人の子どもたちが残したもので、天袋も衣装ケースも満杯なのだ。

朝がきた。予報通りの陽気だ。張り切って取り掛かる。

ところが、天袋の最初のダンボール箱で、もう手が止まる。中身は、長男が中学生の時のノート、プリント、答案用紙である。一枚一枚めくる。

（こんな字を書いていたんだ。なあんだ、こんな問題を間違えて）

見ているときりがない。子どもの手形と思うと、燃えるゴミとして出す気になれない。

そのままにして、今度は衣装ケースを引っ張り出した。

一つ目には、通学カバン、リュックサック。二つ目には、長女と次女の小さい頃の洋服。

（このリュック背負って遠足に行ったんだ。この洋服を着て、七・五・三を祝ったんだ）

広げて見ていると、その当時の子どもの姿が目に浮かぶ。子どもの身に着けていたものは、すべてがいとおしい。

小春日和の中、私のタイムスリップは際限なく続いていく。

駄目だなあ。今回も捨てられない。

かわいそうな電話

夫は電話嫌いである。特に掛かってくるものを毛嫌いしている。夫の言い分は、電話でいい話がきたためしがないというのだ。

夫とは、同郷である。

独身だった頃の夫が、岡山県北部の故郷に帰省するのは、年二回。お正月と旧盆。もっぱらお見合いが目的だったらしい。

そして、昭和四十八年元旦。私は夫と、私の叔母の家でお見合いをした。私はお見合い経験二回目。夫は八回目だったと、のちに姑から聞いた。その年の十一月、結婚式を挙げて東京住まいとなった。

「同郷の人にこだわったのは、嫁が実家に帰った時、ついでにこっちにも寄って、孫を見せてくれるからだ」と姑にそっと打ち明けられた。目的を達した夫は、帰ろうとしなかったが、私は姑の言葉を免罪符にして、大きな顔で帰省した。年一回、旧盆の前後三週間を故郷で過ごした。

ある年の夏、八月末だった。二歳と三歳のふたりの子どもを連れ、岡山駅から東京行きの新幹線に乗った。周りの大半は同じような母子連れだった。新大阪、京都、名古屋と列車が駅に着く度に、パパらしき人が出迎えにきている。笑顔の対面が窓越しに展開する。

急に私も、夫に出迎えてほしくなった。甘えてみたい気持ちの高ぶりに押されて、名古屋駅を発車してすぐ、夫の職場に電話した。

迎えのない東京駅だった。

その時からではないだろうが、夫の電話嫌いは徹底している。

数字に捕らわれて

「お餅はいくつ？」

元旦を迎えると、私は家族に問う。お雑煮のお餅はいくつ食べるのか聞くのだ。

お餅は丸餅。一升のもち米から二十七個の丸餅を取る。この数は、昔から私の実家の決まりごとになっている。暮れになると実家の母から、そうして作られた丸餅が届く。

丸餅の一個はかなり大きい。

三人の子どもたちは、小学生の頃は一個で音を上げた。

「来年は二個に挑戦するよ」と言いつつ、成人した今でも、一個どまりだ。

「えっ、お母さん五つも食べるの？」

そんな中、私は五個から六個は平らげてきた。年がら年中お餅のある昨今と違って、子どもの頃は、お雑煮ほど待ち遠しいものはなかった。今でもやっぱり、お雑煮のお餅は私の心をワクワクと掻き立てる。

今年の元旦に顔を揃えた家族は三人。私の問いに、夫は一個、長男は二個と答えた。

さて、私の分はどうしよう。以前ほどは食べられなくなったけど三個は食べたいな。そうすると茹でるお餅は合計六個。偶数は縁起が良くないし。四個にすると合計はいいけど元旦早々に四という数字でもないなあ。

数字の身にしてみれば、こんな理不尽なことはないだろう。よそ様になにか差し上げる時、偶数個は避けて必ず奇数個。但し、「九」はいけないと教え込まれた。知らず知らずのうちに、数字に捕らわれる私になった。

心ならずも、私の分は二個になった。

『お年』ということです

左手で物を掴もうと腕を伸ばすと、痛みが走る。この症状になって三カ月が経った。

今から二年前の五十歳を少し過ぎた頃、右腕が肩から上にあがらなくなった。初めての兆候に、ひょっとして悪い病気なんじゃないかと不吉な妄想ばかりに囚われた。意を決して整形外科医院の門をくぐった。

「お年ということです。骨を支えている両側の筋肉が、一緒に衰えればいいんですがね。片方ずつだから痛くなるんです。まあ、両方衰えるまで六カ月ほどの辛抱。治療法はないし、気休めだけど湿布剤出しときましょう」

いわゆる、「五十肩」といわれるものらしい。人間の体の部品だって、五十年使えば、どこかに軋みがくるだろう、と頭ではわかる。

だが待てよ、と頭の隅のもうひとりの自分が騒ぎ出す。『お年』だなんて無神経な言葉。医者でなければ許せぬ言葉。重病でなくて良かった、とホッとした気持ちの裏腹で、反骨精神が湧いてきた。

「意地を張らずに、薬貰ってこいよ」

包丁を持つのも痛いとうめく私に夫が言う。

「お年なんだから、効く薬なんてないんです」

憎まれ口を返して、ひねくれ続けた。

癪だったのは、丁度六カ月経った頃から右腕が何食わぬ顔で動き出したことだ。治ったなどと喜べない。何しろ両方衰えたということなのだから。

そして、今回の左腕。あと三カ月の辛抱でまた『お年』が一丁上がり、ということか。

鬼のかくらん

風邪をひいた。夫に言わせると、「鬼のかくらん」ということになるらしい。

「俺に移すな。部屋から出てくるな」

労りなのか叱責なのか、判別できかねる夫の言葉を受けて、床に臥せった。

「この子は体の弱い子じゃけんなあ」

祖母と両親にそう言われながら、私は大きくなった。生後六十三日目で百日咳にかかり、生死の境をさまよったそうで、そのためかどうか、よく熱を出した。入院も経験した。

小学五年の秋。突然歩けなくなり、三カ月入院した。右股関節の関節炎だった。外泊許可をもらって運動会を見学した。

中学一年の春。心拍音に雑音が混じると診断され、岡山市の大学病院に通った。三年間、体育の授業は日陰で見学した。

高校三年の冬。盲腸炎になった。麻酔が効き過ぎて一昼夜目覚めず、執刀医が青くなったという。痩せっぽちの体型だった。

結婚して十日目に夫が高熱で倒れた。救急病院に運び込むと、そのまま入院となった。私がしっかりしなきゃというその時の意気込みが、のちの私を形成したのかどうか。

一人目、二人目、三人目と子どもを産む度に体重は増え、心臓はしぶとく、骨は太くなった。ここ二十年ほどは、寝込んだことはなかった。

「幕の内弁当とヨーグルトでいいんだな」

夫が、買い物に出かけた。夫の休日に合わせたわけではないが、この際、鬼のかくらんなんかじゃない、弱い私を誇示しよう。

間違い電話じゃないよ

（そろそろ、電話しようかな）
夜、十一時少し前のことであった。
「お母さんが寝る頃に電話して。つい、いねむりしちゃうの」
夕方、電話がきていた。卒業試験の追い込み中だという娘からのものだった。
布団の中で読んでいた単行本を閉じ、枕元の子機を手にした。
（いねむりしているな。まだ出ない）
鳴らし続けること十八回。やっと受話器を外す音に変わった。
（叱りつけようか。優しく声をかけようか）
逡巡していた私の耳の中に飛び込んできたのは、全く予想していなかった声だった。

「はい。どなたさんで？」

「……？」

「なんじゃ。間違いか」

ガチャンと切られて、初めて頭の整理がついた。母の声だった！

九時過ぎには床につく母を、この大寒の夜中に起こしてしまったのだ。

（今すぐかけ直して謝ろうか。いや、また起こさない方がいいか）

娘はいねむりをしていなかった。

「おばあちゃんが元気でよかったじゃん」

悪いことしたと滅入る私に、娘が言った。

翌朝八時、電話が鳴った。

「この頃、間違い電話が多ゆうてなあ。謝りもせんのんで」

母の言葉に、私はぐうの音も出ない。

特別なメロンパン

とろとろまどろんだと思うと、すぐ目が覚める。覚める度に机の上のメロンパンに目がいく。目がいく度に胸がキュンとなる。

昨日、私は熱を出した。

「まあ、時期外れの風邪でしょう」との診断だったが、体温計は三十九・七を指したまま、なかなか下がらなかった。

何も食べたくないという私に、夫はコンビニのビニール袋の中から、がさがさと取り出したものを机の上に並べながら、「これだけは無理してでも食べろ」と言い置いて、出勤して行った。

五〇〇ccペットボトル、スポーツ飲料三本に、日本茶一本、梅干入りのおにぎり二個、そして、メロンパン一個がきちんと整列してベッドの私を見下ろしていた。

夫の頭に、病人食としてメロンパンが浮かんだということが、何とも奇妙だった。

六年前、二十歳だった長男は膝の半月板の手術を、京都の病院で受けた。駆けつけた私は、枕頭台に十二、三個のメロンパンがのっているのに驚いた。

「食事が足りないの？　こんなにメロンパン好きだった？」

「見舞いは絶対メロンって言ったのに、友だちみんなに、パンで誤魔化されたんだ」

それ以来、メロンパンは私にとっては特別な存在となった。


三日後。

「寝込んでいたんだって」と、近所の方から本物のメロンが届いた。

ご馳走は手巻き寿司

《子どもの頃の夢　寿司職人》

（うん？）

プロ野球のテレビ中継を見ていた私の目に飛び込んできた字幕である。巨人軍の工藤投手のプロフィールだった。

途端、私の心は二十年前に瞬間移動した。

長男は幼稚園年長組、六歳だった。住んでいたマンションの駐車場に、週三回、午後の二時間、魚屋さんの車が来ていた。

「うちの孫と同い年だ」

魚屋さんのおじさんは、来る度にそう言いながら、幼稚園から帰ってくる長

のった。

いきおい、わが家の食卓に魚料理が並ぶ。そして、特別な日は手巻き寿司がてみたり、魚をさばくおじさんの傍を離れなかった。

男を待っていてくれた。長男は、魚の名前を訊ねたり、「いらっしゃい」と言っ

「おじさん、手巻き寿司用に千五百円ほど」

「よっしゃ、おまけしとくよ」

ある時、手巻き寿司を頬張っていた長男が突然言った。

「僕、大きくなったら、お寿司やさんになる」

「そお。でも作る人は食べられないんだよ」

つい、私は言ってしまい、長男の落胆ぶりに慌てた。

「うれしいなあ。お母さんにいっぱい食べさせてね」

急いで言い直したけど、後の祭りだった。

五月末に長男が帰省する。そうだ、手巻き寿司にしよう。

次は僕の番？

「次は僕の番？」

小学五年の長男の、思いがけない言葉に私は面喰らってしまった。

小学四年の長女、一年の次女、そして長男と私の四人で夕餉の卓を囲んでいた、ある初夏のことだった。

次女が小学一年になって、一カ月程経った頃、

「あなたたち三人だけで寝なさい」

と、それまでソファとして使っていたソファーベットを三畳間に運び込んだ。

でも、少しずつ慣れてもらおうと「土曜日の夜は、順番に一緒に寝ようね」と約束した。最初は次女だった。

「今日は私の番だよね」

長女が言った。そのあと、長男の口から出たのが「次は僕の番?」だった。

私は、はなっから、長男のことは頭になかった。身長は一メートル五十センチ、すっかり少年になった長男が、まさか、妹たちと同じようにして欲しいと思っていたなんて。そうか、まだまだ子どもなんだな。

いよいよ、長男の番になった。枕を抱えてきたと思ったら、壁の方を向いて目をつむってしまった。話しかける私に、うんともすんとも言わない。身を固くしているのが伝わってきて可笑しかった。

何回ぐらい、子どもたちとそうした夜があったか覚えていないが、長男はその夜だけだった。

夜中に目が覚めて、フッと浮かんできた長男の言葉。反芻していると、心がコトリと鳴る。今は、三人ともひとり暮らしをしている。

(いっぱい一緒に寝てやればよかったな)

父親似の私は『入れ歯恐怖症』

六月四日が近づき、薬屋さんの広告に「虫歯予防デー」の字が躍る。

私は自分のことを『入れ歯恐怖症』だと思っている。事の始まりは小学生時代だ。

「あなたは親から悪い歯の遺伝子ばかりもらいましたね」という歯医者さんの言葉だった。そしてちょうどそのころ、父が総入れ歯になった。四十二歳だった。歯を抜いて帰宅した父の様変わりした顔つきにショックを受けた。

父はいわゆる、いい男と言われていた。近所の人から「お父さん似じゃなあ」と言われる度に誇らしい気分を味わっていた。その父がいっぺんにほおがこけて老けてしまったのだ。

「入れ歯が合わない。ご飯がおいしくない」と食事の度に嘆く父に、私もやがてそうなるのだと悲しくなった。

歯がごそっと抜ける夢を、何度見ただろう。歯を磨く時には、抜けた歯を受けられるようにと、左手を無意識に口元にあてる姿が鏡に映るのを、何度見ただろう。

歯医者さんの予言通り、私の歯は風前のともしびとなっているらしい。恐怖症は募るばかりだ。

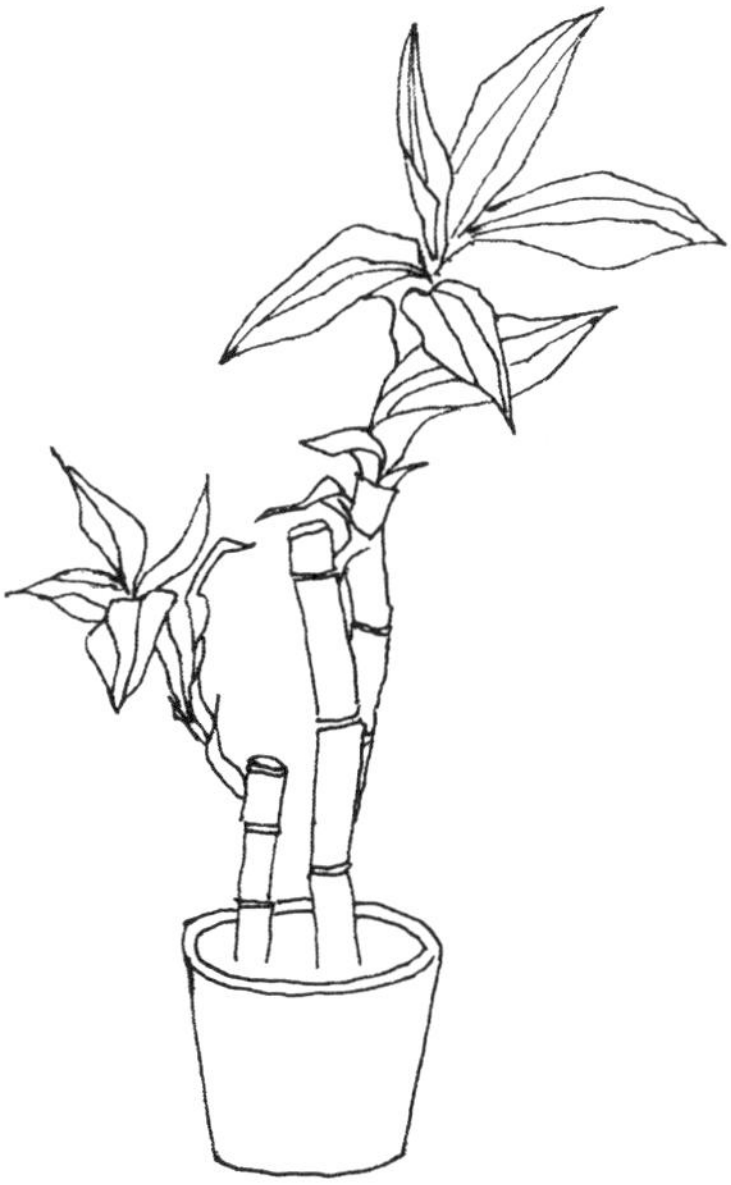

父の本棚

父の本棚には『国語辞典』『漢和辞典』『英和辞典』『和英辞典』はもとより、『大言海』『広辞苑』『現代用字辞典』『現代用語の基礎知識』などの最新版が並んでいた。

父は、読めなかったり、使い方に疑問をもったりした文字は、納得いくまで調べていた。私の手紙の誤字は言うまでもなく、語句の間違ったところには、必ず注釈つきで返事がきた。

父はなぜ、これほどまで文字にこだわり続けたのだろう。

昭和二十六年から三十年までの五年間、父は入院生活を送った。年齢でいうと三十五歳から三十九歳までとなる。病名は肺結核。片肺全摘手術をして全快、退院となった。しかし、農作業は無理との診断で、養鶏業を始めることになった。

病院で出会った本がそのきっかけだったと後年、話してくれた。一時は自暴自棄になった心を、本に救われたとも話してくれた。

父の文字への傾注は、そのあたりにあったのだろう。

一日も欠かさずつけた日記は、愛読書の『暮しの手帖』と共に本棚に増えていった。

昭和五十五年にヘルペスで左目の視力を失い、さらに右目は白内障で、視力が徐々に衰えた。回復は保証できないと言われながら、懇願して白内障手術を受けた。

「よく見える」と喜んでいたその半年後に、帰らぬ人となった。平成六年六月、七十八歳だった。

父の本棚は、その時のままにある。

帰るからね

「お前に帰ってもらわんほうが、ええような気になってくる」

五日間、実家に帰っていた私が、千葉に戻る日の朝になった。

寝床の中で、近所の人の話――もう、三度も聞かされた話なのだが――をしていた母が、それまでの快活さとは打って変わった調子で言った。

「いつもお前のいんだあとは、家の中に入る気がせんで、庭の草取りをしたり、墓参りをしたり、清ちゃんとこに行ったりして、気を紛らかしている」

と続けた。

母は八十二歳。独り暮らしは八年目になった。

大阪に住む姉が、冬休みと夏休み、私がその合間の三回、二人が重なることのないように、五日間から十日間を母のところで過ごすようにしてきた。

列島を半分横切るような旅は、片道九時間近くかかるが、おっくうになったことはない。二両電車に乗り継ぐと、岡山作州地方の訛りが増えて、耳をくすぐる。

母のためだと大義名分を掲げながら、その実、姉も私も、自分のための理由づけを探しているのだと思う。

「帰らんでもいい、言われても、帰るからね」

バスを待ちながら、母に言った。

手を振る母の姿が、だんだんと小さくなっていく。車窓に広がる早苗の萌黄色が潤む。

雑踏に揉まれると、帰途は終わりに近い。

消えた手形

「大丈夫、あの子は。なかなか機敏だぞ」

父は私にそう言ってくれた。あの子、とは小学一年生の長男のことであった。

夏休み、私は子どもたち三人を連れて実家に帰っていた。いつもは心が解かれたような実家での生活なのに、その夏は、ほどけないしこりを抱えていた。

夏休み前、長男の個人面談があった。そこで、担任の教師からこう言われた。

「いやあ、団体行動ができないいんですよ。道具箱の用意と言っても、みんなが終わってから、ひとりやり始めるので困るんです。初めは落ち着いたお子さんだと思っていたのですがね。休み中に何とか直して欲しいんですよ」

父はその日、洗面所の外壁の補修をしていた。二十センチ四方の大きさにセメントを塗りつけたら、傍でじっと見ていた長男がアッという間に自分の右手を押し付けて「僕の手形だよ」と言ったという。

跳んで見に行った。手形があった。やがてくっきり、きれいに固まった。その手形をなぞっているうちに、私の心は解れていった。

実家に帰る度に、手形を確かめることが拠りどころのひとつになった。子どもたちが一緒に帰らなくなった近年は、特にいとおしいものだった。

今春、その手形が消えていた。同じ箇所が壊れ、修理してもらったのだと母が言った。

（あれから二十年。あの子はもう大丈夫ということだよね）

天国の父に、呼びかけた。

通過点

その症状は、ついにやってきた。

体の中でマグマが爆発したみたいに、全身が熱くなり、汗が噴き出すのだ。目から汗が出るということも知った。頭の中でしかわかっていなかったが、これが「更年期」なのだろう。

それは、二十分から三十分の間隔でやって来る。持続時間は二、三分。姿は見えないが、(来るぞ)という前兆の感覚がある。

その度に風通しのいい場所に移動して凌ぐ。それでも汗を拭くタオルが、一日数枚も必要になった。

家にいる時は何とかなるが、仕事中は堪らない。

「大丈夫ですか?」

真っ赤な顔でため息をつき、汗を拭く私を若い同僚が気遣ってくれる。

「そういえばあの人も、熱い、熱いって言ってたなあって、あなたがなった時は思い出してね。私はもう、死んでると思うけど」

憎まれ口をたたきつつ、治まるのを待つ。

連日の猛暑に加えて体の熱さ。とうとう医者に出向いた。案の定、典型的な「更年期障害」という診断。注射を一本打たれた。

一週間経ったが、注射の効果はまだはっきりと現れてくれない。

「お母さん、これからは自分の体のことを一番に考えてね。大事にしてよ」

熱くて辛いのよと訴えた私に、娘の言葉はうれしかった。

これも通過点と思い、付き合うとするか。

音と活字に魅せられて

《ピッ》

銀色の小さなスイッチを押すと、まことにかわいい音がして卓上蛍光灯が点り、枕元に円いあかりの輪ができる。

その音と、あかりに浮かぶ活字に安らぎを感じる私は、今日も図書館に行く。本を入れる手作りの布袋を持って、二カ所の図書館をまわる。書架の前に立つと、そこは私だけの空間になる。

上から下、左から右に目を滑らせる。題名、作者名を辿っていくと、コツンと胸に響くものに出会う。手に取ってパラパラめくる。行間の空き、文体のリズム、カタカナの割合で選ぶ。

提げた布袋の重さを確かめながら、いつも欲張って十一、二冊借りる。あれこれと本を選ぶ時間は楽しい。思うようなのが見つからないと、二巡、三巡する。それでも見つからないと、お気に入りの作家の棚に行く。多田尋子、岩橋邦枝、村田喜代子のものは、布袋の中で何回も対面していることだろう。

借りた本のページに、貸出票の挟まっていることが度々ある。同じ本を読んだ人が、他にどんな本を読んだのかと好奇心に駆られ、次回の参考にする。ほぼ同じものを選ぶことになったりすると、その見知らぬ人に親愛の情を募らせてみたりする。

さあ、今日も本の用意ができた。あかりも点いた。安らぎ時間の始まりだ。

物思う秋

秋の運動会の時節になった。

南西の方角から馴染みの音楽、プログラム進行の声、歓声が途切れ途切れに流れてきていたが、『マイムマイム』のリズムが、やけにはっきりと聞こえてきた。

「体育祭の最後は、全校フォークダンスで締めくくりだったよなあ」

テレビを見ていた夫が、突然言った。

ふたりは、同じ高校の卒業である。

「俺の覚えている手の組み方は、こうだもんなあ」

夫は言いながら立ち上がり、おどけて女性役のポーズを披露してくれた。

夫と見合いをして二回目のデートの時、この話題になった。

「三年生と一年生だったのですから、ひょっとしたら踊っていたかもしれませんね」

「ぼくは背が低かったので、いつも女性役でした」

全校生徒数千八百人。内、男子が千人強。ペアになれないしわ寄せが、一部の男子にきていたわけだが、夫の三年間がそうであったらしい。

憧れの君と「踊れた」「踊れなかった」と、女子生徒は当時騒いだものだ。

(あと五人であの人だ) と胸躍らせたものだ。

運動会の帰りの家族が声高に話しながら、わが家の前を通り過ぎ、やがて静かになった。子ども三人の運動会はもちろん、フォークダンスに胸をときめかせた日も、遠くなった。


物思う秋の日暮れは早い。

京都にて、他愛ない話

「花と本と女は、持ち主より大事にする自信があるなら、盗んでもいいんだってよ」

二十五歳の娘が言った。

私たち母子と姉は、京都で落ち合った。大阪に住む姉。岡山の母のところに帰っていた私。そして、娘は名古屋に出張していた。

まず、私の希望で広隆寺の弥勒菩薩半跏思惟像に逢いに行った。

次は姉の希望で嵐山・天龍寺を目指した。

娘は「私は湯豆腐が食べられれば、それで十分」と笑う。

観光客に交じり、天龍寺庭園をそぞろ歩く。

ほのかに色づき始めた木の葉、松の緑、白い砂、絨毯苔に感嘆の吐息をもらしながら、姉とはつい、日常茶飯事の話になる。

「ここまで来て、俗世間のことは忘れよう」

ひとしきり喋っては、お互い戒め合う。

戒め合った先から、またすぐに、日ごろのうっぷん話に辿りつく。

ふと、石段の蔭に咲く桔梗が目に飛び込んできた。

「わっ、かわいい。持ち帰りたいな」

呟いた私に、娘は冒頭の言葉で応えた。

「へえー、なるほどね」

「この桔梗はどうして欲しいかしら。でも、私たちは盗まれてみたいわよね」

顔を見合わせて、女三人どっと笑った。

足の早い秋の夕暮れがもう、そこまで。京都タワーが、遠く霞み始めた。

性分

編物をしながら、思い出している。

「あしたは、学校に着て行けるけんなあ」

夕食後、母はそう言いながら、こたつで編物に取りかかった。私の赤いセーターが、いよいよ出来上がるのだ。

「枕元のここに、ちゃんと置いといてよ」

私は母に念を押し、わくわくしながら寝床に入る。

ところが、翌朝。

枕元には何もなかった。赤い毛糸は玉になって、こたつの上にあった。

半ベソで詰め寄る私に、母は言った。

「模様編みを、一箇所間違えとってなあ」

祖母が傍から口を挟んだ。

「お前は、ほんに癇性な性分なんじゃやけん」

思い出すのは、いつもそこまで。それ以後は途切れている。

そして、編物をしながら考えてみる。

私が編物を始めたのは、きっとその時からだ。祖母に一から教わった。

「えっ、もう編めたの?」

そう言って喜ぶ子どもの顔見たさに、せっせと編んだ。早さが最優先。二、三箇所の間違いなど何のその。三人にお揃いのセーターを着せて、悦に入ったものだ。

一週間前から始めた新作のカーディガンの完成が近い。

「お前は、ほんに荒くたい性分なんだから」

編み針を動かしている私の視界の片隅を、母がつぶやいて横切った。

華やぎはひととき

気の合った友人四人。二、三カ月に一度の割で、一緒にランチをしている。かれこれ十年は続いているだろうか。

早めの忘年会という口実で集まったその日も、盛り上がって賑やかだった。

「あの二人、夫婦じゃないわね」

中のひとりが、声を落として言った。

あとの三人は、急いであたりを見回し、彼女の指摘した二人がまさにドアを出ようとしている姿を捕らえた。

「隣の席で食事していた人たちじゃない」

「夫婦だったと思うけどなあ」

「そうじゃないって、なんで言えるの」

「だって、男性の方がよく喋っていたでしょう。夫婦だったら、喋るのは女性の方よ。中年になったら特にそうでしょ」

自信たっぷりの彼女の説に、三人はしばし黙り込んだ。それぞれが、どっぷり中年の自分に当てはめて思いを巡らす。

「そうかもね」

「たしかに」

「言えてるかもね」

思いもかけない唐突な話題に、俄然、座は色めきたった。

「どこで、そんな知識を仕入れたの」

「怪しいぞ」

「白状しなさい。経験から言えるんでしょ」

彼女を肴に、口沫合戦になった。騒ぎ過ぎたあとには、コマ切れの日常があるばかり。

師走が駆け抜けていく。

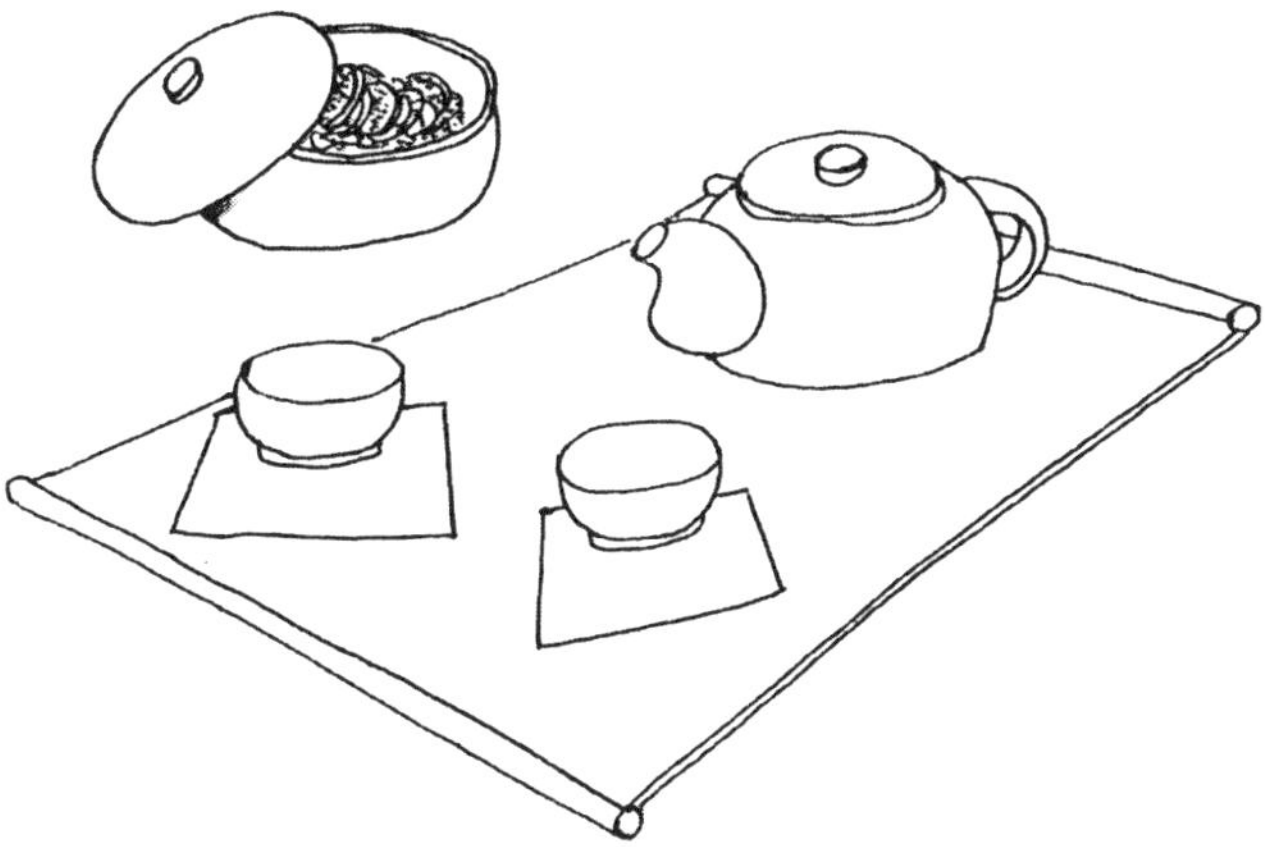

小豆のびっくり水

「小豆を煮ようるけん、びっくりさせて来いや」

祖母は編み針を動かしながら、こたつの真向かいにいた九歳の私に言いつけた。

台所に下りると、石油コンロの上の大鍋のふちから、湯気が上がっている。

「ワッ！」

私は蓋を開けて、思いっきりの大声でおどかした。ところが、中の小豆は勢いよく飛び跳ねているばかりで、一向に静まらない。

二度も三度もするのに、同じことだった。

「おばあちゃーん、びっくりしてくれんで」

台所から、祖母を呼んだ。

「ほら、見ててよ」

私は、ちゃんとおどかして見せた。

正月四日は『焼き初め』である。前日に小豆を煮てぜんざいを用意しておく。

四日朝、焼いたお餅を入れて食べる。焼き物料理の解禁である。

そんなしきたりのある故郷を離れて三十年になる。『焼き初め』だけは欠かさず守ってきた。

一晩、水に漬けておいた小豆を鍋に入れ、ガス台にかける。やがて、小豆はぐつぐつと踊り出す。蓋を外し、一気にコップ一杯の差し水をする。

さっと息を潜める小豆の中に、目を細めて笑う祖母と、幼い私とがいる。以後、誰彼なしに披露される破目となった出来事だ。

今年もひとり、頬を緩めながら小豆を煮ている。

覚えている場面

「私、覚えてる。この時のこと」

帰省した二十六歳の娘と、額を突き合わせてアルバムを繰っていたさ中のこと。娘は一枚の写真を指さして、声を上げた。

公園のベンチに三人が座っている。左端に夫、真ん中に息子、そして、右端に娘。

「このベンチにひとりで座りたかったのに、お母さんが座らせたんだよ」

大きな麦藁帽子の下の娘の顔は、そういえば心なしか、ふくれっ面にも見える。

「一歳七カ月のはずよ。そんな小さい時のことよく覚えているわねえ」

「だって、お兄ちゃんと同じようにしたかったんだもの」

写真の公園の、広い芝生の上を走り回るのが大好きなふたりを連れて、よく通った。その夏の日、祖父母に送る写真を撮ろうと、家族で出かけたのだ。

この娘がひとり暮らしを始めて七年になる。

「大丈夫。ちゃんとやっているから」

あれこれ心配で電話すると、いつもその一言で片付けられてしまう。目も手も離してしまった娘とは、踏み込めない空間がどんどん広がるばかりだという思いで、何度受話器を置いたことだろう。

「ほら、この時のことだって覚えているよ」

半年振りに見る娘の表情や仕草は、私の胸の内にある映像と同じだった。

娘はこれからも、覚えている場面を増やしていくのだろう。

常備薬は万能薬

パソコンの横には、書棚がある。

文章を打ち、変換キーを押して出てくる漢字を確認する時に、書棚の国語辞典を引っぱり出す。その度に、辞典を置いている段の、上の段の薬壜に目がいく。壜は取り出し易いように、書棚の真ん中に鎮座している。

壜の中味は、三人の子どもたちに大活躍してくれたビオフェルミン錠である。「ポンポン痛い」と子どもが言うと、母が私にしてくれたように、ビオフェルミンを飲ませた。「噛むと甘いから、この薬大好き」と、私と同じ感想をもらしながら、子どもたちにも好評だった。わけても、腸の弱かった長女は、度々口にしていた。

あれは、長女が小学三年生の時。

遠足の日の朝、乗り物酔いの薬を切らしていることに気付いて、慌てた。

「これはいつものとは違うけど、よく効く新しい薬だから、帰りのバスに乗る前に噛まずに飲みなさい」

とっさに思いついてビオフェルミンを、長女に持たせせた。出かける前には、よく効くと暗示をかけて一錠飲ませた。

「お母さん、あれビオフェルミンだったでしょ。粒にAって書いてあったもの」

元気に帰ってきた長女は、得意気にそう言った。十五年前のことだ。

今では、整腸に使う夫の常備薬になっている。錠剤の印字はSになったけど、書棚の指定席で澄ましている。

私作る人　あなた片付ける人

父が亡くなったのは平成六年夏だった。

岡山の田舎には、七十五歳の母が独りになった。

大阪に暮らす姉と千葉に暮らす私は、頻繁に電話すること、やりくりして帰省することを約束し合った。

「家を留守にすると、仏様が淋しがる」

冬の寒い間だけでも、上京してこっちで暮らそうよと誘う私に、母はいつもそう言って断ってきた。

「一年に一度は母娘三人、水入らずの旅行がしたいね」

父の三回忌を済ませたあと、姉が切り出した。

「そりゃあいけん。お父ちゃんを連れてきてあげりゃあよかったと悔やまれる」

母はそれにも、首を縦に振らなかった。

七回忌が終わって、母が話に乗ってきた。母の行ってみたいところ、母の体に負担がかからないところ、そして二泊三日の条件で、姉と私はあれこれ候補地を探す。

すでに二回目をすませた。

姉と私はその旅行で、一年分の鬱積した気持ちをほぐしあう。早々に寝息をたてる母の横で、ふたりのおしゃべりは深夜まで続く。

姉　「お互い未亡人になったら、あの家でふたりで暮らしたいね」

私　「そうそう、気ままにのんびりね」

姉　「役割分担もできるしね」

私　「私、料理作る人、あなた、片付ける人ね」

いつもの決まり文句で、締め括る。

里帰り

「岡山県人でありながら、後楽園にも岡山城にも行ったことがないんじゃ」

満八十三歳になる母が、テレビの旅番組を見ながらぼそっと言った。里帰りしていた私は「よし、母を連れて行こう」と思い立った。

四月一日、午前十一時。後楽園正門に到着。押し車を押す母の歩調に合わせて園庭を巡る。

「きれいじゃなあ」

母は度々立ち止まって、腰を伸ばしながら感嘆の声を上げる。

やわらかな緑色を持ち始めた芝生。ほころび始めた桜。振り返ると、濃い紅色の花咲くヤブツバキの木々。そぞろ歩く見物客のだれの表情も優しくて、お互いに目礼を交わす。

園内の茶店でぜんざいをいただき、南口から出て橋を渡り、岡山城に向かう。霧雨と春がすみに包まれた烏城は、すっくと美しい。

「ええ一日じゃった。ありがとうな」

帰りの車中、母はそう言って寝息をたて始めた。

独り暮らし九年になる母のもとに、年に三回ほど千葉から帰る。母の面倒を見るという名目でありながら、いつも反対に私が心なごみ、元気をもらう里帰りである。

プチ家出

「どこに行くんだ」

その朝、夫の問いかけを無視した私は車のキーを掴んで、玄関を出た。

昨日、私たちは喧嘩をした。

いつも定刻、六時三十三分に帰宅する夫に、私は日頃から不満を溜めていた。帰宅するとすぐ夕食なので、友人と出かけた時も、仕事の時も時計ばかり気になる。

「えっ、もう帰ってきたの」

昨夕、六時二十分にチャイムを鳴らした夫を出迎えて、私は言った。

「お前の顔が早く見たくてね」と言える夫であれば、口論にならなかった。

「早く帰ってきて何が悪い。俺の家だ」

あとはもう、売り言葉に買い言葉。

準備していた夕食は、たまたま夫の好物ばかり。癪にさわったけど、夫のお膳を整えると、足音高く二階の自分の部屋に上がった。意地でも食べるものか。

翌朝九時。空腹が襲ってきた。

（そうだ。マクドナルドに行こう）

と、車を走らせることにしたのだ。

土曜日の店内は混んでいた。若者たちや家族連れで賑わっていた。おばさんがひとりというのは見当たらない。

場違いな思いを振り払いつつ食べ始めたら、三人家族と相席になった。目の前の小さな女の子の所作を見ているうちに、知らず知らず頬が緩んできた。

仕方がない。今日はここまで、プチ家出。

父の日

「お前はいいなあ。カーネーションがきたんだよなあ」

新聞を読んでいた夫が、ぼそっと言った。

六月第三日曜の十五日、夕方のことである。朝からテレビはしきりに『父の日』だと放送している。それを見る度聞く度に、私は落ち着かない気分になっていく。

去る五月第二日曜の十一日、『母の日』。カーネーションが届いた。差出人は長男だった。思いもかけないプレゼントを手にして、涙がジワーッと湧いてきた。

（仕送りしなくても生活できるようになったからなんだな）

玄関に飾った花かごに目をやっては、口元を綻ばせたものだった。ふたりの娘からは電話がきた。

さて、カレンダーは六月になった。『父の日』が近づいてくる。半ば期待して半ば心配して日を送り、とうとう当日になった。

何事もなく午前が過ぎ、午後も静かに過ぎていく。そんな時の、夫の言葉だった。

夜。夫が風呂に入った隙に、子どもたちにメールを送った。

《夕食はお父さんの好物ばかり作り、父の日おめでとうとワインで乾杯したよ》

「プレゼントも電話も無駄だ」

常々、そう公言している夫だけれど、それが本心ではないことに、子どもたちが気付くのは、いつになるだろう。

そう、私が気付いたのも、最近だから。

切り札

「ご主人、お元気ねえ」

日曜日、スーパーで出会った近所の奥さんにそう言われ、私は耳を疑った。

詳しく聞き出してみた。

……水曜日、午後六時半頃、駅から自転車で帰っていたら、前方に、大きく手を振って大股で歩く男性の姿があった。なんて元気な人なんだろうと思いつつ通り過ぎ、ふっと見たら、お宅のご主人だった……。

背広の色、時間、手にしていたカバン。すべてが夫に合致していた。

しかし、どうも腑に落ちない。

玄関に出迎える時、夫の第一声は「ああ、疲れた」である。ネクタイを外しながらの第二声は「なんでこんなにしんどいんだろう」である。水曜日だって、そのセリフだった。

そして、今日の日曜日。夫はソファに寝転びながら、

「いいなあ、お前は元気で。もう俺は駄目だ。体がクタクタだ」

と言ってたではないか。

これは是非夫に報告して、私の前での態度の違いを詰問せねばと意気込んだ。夫に付れ添って三十年。「しんどい」と言われる度に、心底心配した時期、私だってしんどいのにと腹立たしかった時期を過ぎ、今は馬耳東風になっている。

「……」

無精ヒゲのままテレビを見ている夫に向かうと、喉まででかかった言葉を飲み込んだ。

いいさ、切り札はしまっておこう。

折々の万華鏡

父の百合

「お父ちゃんの風邪がなかなか治らない。入院して検査してもらうことにした」

岡山に住む母が、そう電話してきた。

平成六年五月。末日まであと一週間という日の夜のことだった。

入院した父の付き添いを、母と大阪に住む姉、私の三人で交代ですることに決めた。

六月二十七日、私は三回目の付き添いに出向いた。

「すまんなあ。子どもたちは大丈夫か」

日に日に容態が悪くなっていると、母と姉から聞かされ、覚悟してきたはずなのに、父の顔を直視できないでいた私に、父は言った。

「肩貸してくれ。歩いてみる」

続けて言った。

「無理しないほうがいい」

と押しとどめる私に、

「寝てばかりいると筋肉が衰える」

と語気を強めた。

廊下に立っている父を、ナースステーションの看護師のひとりが見つけると、全員が総立ちになって、こちらに眼を向けた。驚きいっぱいの眼に晒されて、私は震えてきた。

「あの容態で歩こうなんて」

看護師さんたちは口々に私に耳打ちした。

その翌日から父は昏睡状態になり、二日後の三十日午後二時四十五分、終に帰らぬ人となった。

葬儀と初七日を終えて帰宅した私の目に、庭の鉄砲百合が飛び込んできた。毎年、実家の庭に咲く父の好きな花。その球根を父に頼んで送ってもらったのは、三年前のことだった。

今年も、季節を違えず咲き始めた鉄砲百合。

すっくと立って咲くその姿に、父の立ち姿を重ねている。

花火と涙

花火の音が聞こえてくる。

あれから二十年が経ったのに、花火の音はいつもひとつの光景を連れてくる。

その頃住んでいたマンションは、世帯数二十戸。小学生以下の子どもが十七人いた。店頭に花火が並ぶと、マンションの庭では持ち寄り花火大会が始まる。

それは毎週金曜日の楽しみになっていた。

その日も賑やかに始まった。

「わたしも花火を持つぅ」

見るだけで満足していた二歳十カ月の次女がせがんだ。大丈夫かなあと思いつつ、線香花火を持たせた。

「熱いっ！　熱いっ！」

アッと思った瞬間、線香花火の最後の玉が次女の足の親指に落ちてしまった。急いで庭隅の水道に走った。大したことなさそうだ。次女も泣かなかったし、とホッとした。

「ぎゃーぁ、ぎゃーぁ」

そばでじいーと見ていた六歳の長女が、突然大声で泣き始めた。なだめても一向に泣きやまない。みんなの不審な顔が次々とこちらを向く。次女を抱き、泣きじゃくる長女の手を引っ張って、玄関に辿り着いた。

「みんな楽しんでるのに、なんで泣くの！」

扉を閉めるやいなや、私は怒鳴りつけた。

「なほ子がヤケドしたのに、みんなやめないんだもん。なほ子がかわいそう」

しゃくりあげながら、長女は訴えた。

長女よ、今年の花火はもう見ましたか？

雨上がりの夕方

夫が、ランチョンマットを広げる。

そろそろ支度しようかな、と思っている矢先にこの動きをされると、途端に私の心は塞ぎ始める。早く俺の食事を作れ、という無言の圧力を感じるからだ。

夫は、自分の決めた食事開始時間に拘っている。健康維持の基本は、規則正しい生活と食事だという信念を持っているからだ。かくて私は、七時半、十二時、十九時の時間厳守を言い渡されている。加齢と共に、その傾向は強くなり、消化のいいもの、バランスのいいもの、薄味という項目まで加わった。

「自分のご飯ぐらい、自分で調達してほしいわ。休日ぐらいまだ寝ていたいのに……」

言葉のしっぽはのみ込んで、休日の朝七時に階段を下りる。私は、食べるのも、作るのも大好きだ。でも時間の強制、食材と味付けの指定をされると、楽しみは苦しみに繋がる。

「新聞の集金です」

先日の日曜日、いつものように、夫がランチョンマットを広げ、私のイライラも募っていた昼前、呼び鈴が鳴った。

「雨の日は、心が落ち着きますねえ」

そう言われて、ハッと顔をあげると、目の前におばさんの微笑みがあった。乱暴になっている自分が恥ずかしくなった。

「日が差してきたよ。歩きに行かない？」

今日の時間割にその予定はない、と言う夫を黙殺して、雨上がりの夕方、私はひとりで散歩に出かけた。

父に誓う——あとがきにかえて

父は、大正五年七月、農家の三男として生まれました。跡取りの長男は別格、二男からあとの男の子は労働力と考えられていた当時の農村にあって、父もその例にもれるものではありませんでした。

でも、父は、向学心を燃やし続けていたようで、今の大学検定試験に匹敵する『専検』に挑戦していたのです。

「中央大学に入って、弁護士になりたかったんだ」

晩酌の一合の日本酒で顔を赤くした父が、そう言った時、中学生だった私はびっくりしました。

「それで、どうしたん？」

父に、先を促しました。

「専検を受けたんだ。物理と英語だけは、三年かけてもだめだった。あとは受かったんだけどな」

その後、昭和十年、二十歳の父は、大志を抱いて朝鮮半島に渡り、伝を頼りに朝鮮鉄道に職を得ました。

昭和十七年二月、母と結婚。母を伴い門出する時の、口を真一文字に結んだ直立不動の父の写真は、私の大好きな一枚です。

そして、機関士となった五年目に、終戦となりました。

艱難辛苦の内地への引き揚げに続き、戦後の混乱の中で、父は肺結核になりました。片肺を摘出する五年間の闘病生活を送り、退院したのは昭和三十年十二月。私は六歳、明けたら小学校入学という年の暮れでした。

それまでは、祖母、母、姉、私という女ばかりの暮らし。幼い子どもたちに、もしや病気を移すようなことがあってはならないと、外泊許可がおりても、五年間一度も帰宅しなかった父です。その父を迎えた家の中は、親戚の家のような雰囲気がしたものです。それでも私は片時も父の傍を離れませんでした。

「入院中に出会った本に教えられた」

米作りの農作業は体力的に無理との診断を受けて、養鶏業を始めることにした父は、そのきっかけを問われると、そう説明していました。

「おじいちゃん、すごいんだよ」

帰省していたある夏休み、高校二年生の長男の数学の問題を、父が一緒になって解いたそうで、中学生の妹が、息せき切って私に報告したこともありました。

肺活量一〇〇〇余しかない父でしたから、仕事はしんどかったと思うのですが、弱音を吐く父を見たことがありません。

結核が完治したあとも、ヘルペス、肺炎、肋骨の骨折と、五回もの入退院を繰り返しました。その度に、家族は最悪の事態を覚悟したものです。

ところが、当の父が一番前向きでした。筋肉が衰えると歩けなくなると、私の肩に掴まって歩き、病室を出て廊下に立ったのは、死の三日前のことでした。何があろうとも、必ず乗り越えていくという強い精神力と信念を秘めていたのだと思います。

私は、岡山県にある実家を離れて大学生活を送りました。その四年の間、父はよく手紙をくれました。私も、せっせと書き送りました。その時に私の出した手紙のほぼ全てである、一五七通が保管されていたようです。

後年、七十歳になってからワープロの独習を始めた父が、その私の手紙をワープロで打ち、手製の冊子二冊にまとめて届けてくれました。

《これで福岡からの貴女からの便りを終わります。二、三通落ちがあるようですが、これは出てきた時に補うことにしましょう。四十三年から四十七年までの四年間の大学生活の全記録です。その間のいろいろな自分や世の中の出来事、物価等、難しく言えば文化の記録です。読み返して、将来自分史でも作る時の参考になれば、大事にとっておいた甲斐があったというものです》

父は、あとがきにそう記してくれました。私は思いがけなく、自分の過去と対面することとなり、貴重な財産となりました。

私が縁あった相手は同郷の人でしたが、勤務先が東京であったため、私は結婚と同時に上京しました。姉は京都出身の長男と結婚しており、就職してからはずっと大阪住まい。結局、ふたりとも、姓が変わってしまいました。

私の結婚式当日、手洗いに立った父が、ハンカチがぐしょぐしょになるほど目を真っ赤にして泣いていたということを、最近になって母から聞かされました。

「跡のことは心配するな」

そう言って、こころよく送り出してくれた父でした。

平成六年六月三十日、午後二時四十五分。父は亡くなりました。七十八歳でした。

私は、父から何かを意見されたり、教えられたりしたわけではないのですが、父の背中から多くのことを学んだ気がします。大きな大きな存在でした。電話をすれば、いつでもそこに父がいる、父の声が聞こえるということが、どんなに心強く、安心できるものだったのか、思い知らされました。

臨終の父の傍らにいたのは、私ひとりだけでした。

人は臨終の時、一番気がかりな者を傍らに呼び寄せるものだと、伯母から聞きました。末っ子で甘えん坊で泣き虫の私のことが、父にとっては心配の種だったのでしょうか。

父を亡くして十年が経ちました。

(よしよし、これなら大丈夫)

天国の父に、そう言ってもらえるように、もう、心配かけなくてもいいように、一日一日を大切に積み重ねて生きていきたいと、心に誓っています。

著者プロフィール

宮 とき子（みや ときこ）

1949年10月　岡山県生まれ

1972年　福岡大学薬学部卒業

3児の母

千葉県在住

1996年頃より、子どもたちが家を離れたのを機に短文を書き始める

折々の万華鏡

2004年7月15日　初版第1刷発行

著　者　宮 とき子

発行者　瓜谷 綱延

発行所　株式会社文芸社

〒160-0022　東京都新宿区新宿1－10－1

電話　03-5369-3060（編集）

03-5369-2299（販売）

印刷所　株式会社平河工業社

ISBN4-8355-7592-X C0095